L'incendie du Hilton

François Bon

L'incendie du Hilton

ROMAN

Albin Michel

© Éditions Albin Michel, 2009

Symptômes de ruine. Bâtiments immenses. Plusieurs, l'un sur l'autre. Des appartements, des chambres, des temples, des galeries, des escaliers, des cœcums, des belvédères, des lanternes, des fontaines, des statues. – Fissures, lézardes. Humidité provenant d'un réservoir situé près du ciel. – Comment avertir les gens, les nations ? Avertissons à l'oreille les plus intelligents.

Tout en haut, une colonne craque et ses deux extrémités se déplacent. Rien n'a encore croulé. Je ne peux plus retrouver l'issue. Je descends, puis je remonte. Une tour-labyrinthe. Je n'ai jamais pu sortir. J'habite pour toujours un bâtiment qui va crouler, un bâtiment travaillé par une maladie secrète. – Je calcule, en moi-même, pour m'amuser, si une si prodigieuse masse de pierres, de marbres, de statues, de murs, qui vont se choquer réciproquement seront très souillés par cette multitude de cervelles, de chairs humaines et d'ossements concassés. – Je vois de si terribles choses en rêve, que je voudrais quelquefois ne plus dormir, si j'étais sûr de n'avoir trop de fatigue.

Charles BAUDELAIRE

1.

Le Hilton

Cet incendie du Hilton comme allégorie de la ville, et la ville comme allégorie du monde : où étions-nous, quelle ville, quel monde, qui soudain basculait dans son envers ? Il n'y avait plus de ville ni de temps : ces galeries, et le bruit du monde, s'il nous parvenait, nous n'en étions plus acteurs. Émigrants, plutôt, et jetés : à trois rues et une dizaine d'étages d'où nous étions deux heures plus tôt, lors de la première alerte, surplombant ce ventre souterrain dont nous devions être, trois jours durant, les appendices. Garants de la continuité, d'un état stable du monde, et voilà : entracte.

Quatre heures très précisément, juste un bloc de nuit. De 1 h 50 la première sirène et l'appel, jusqu'à 5 h 50, et qu'on s'effondre, sans retrouver pourtant le sommeil, avant journée blafarde à suivre. Et c'est maintenant, à dix semaines de distance, que je rouvre ces heures. Un non-événement : le plus parfait des non-événements. Des victimes, des blessés, des morts, dans l'immense catastrophe ordinaire du monde : rien, aucun. Un bouleversement de la ville, des ruines, un effondrement : absolument pas. Juste cela, l'incendie du Hilton, ce qu'on y cherche, ce basculement provisoire, et la ville cul par-dessus tête.

Au moment de commencer, compteraient donc non pas des faits, mais le souvenir de cette déambulation dans l'envers de la ville, soudain offerte : le moderne montrait ses coutures. Alors cette attente, et l'incendie tout là-haut sous les toits, un livre qui en serait non pas la restitution, encore moins l'illusion, mais voudrait le redonner temps pour temps – quatre heures vécues, quatre heures à lire. Construction de nuit, construction d'une ville ou de l'envers d'une ville, construction d'un temps coupé de la grande loi du monde, comme nous l'étions, et qui pourtant exhibait soudain à nu, très provisoirement, toutes les lois cachées du monde.

Alors j'aurais voulu ce récit une sorte de miniature avec immeuble noir, une vue en perspective mais qui contienne la totalité de ce qui, ces quatre heures, nous était venu intérieurement en résonance, quinze étages dessus et cinq dessous, avec tout en haut en surplomb l'hôtel en flammes et, dans l'entrelacs souterrain des racines, ce qui y gravitait pour trois jours d'un autre monde, lui aussi en bascule, cette fête de l'édition et du livre – « temps de menace », je me souviens, vers les quatre heures du matin, au Tim Hortons, de cet écrivain si connu (mais qui, s'accrochant à moi, ne m'avait semblé qu'un vieillard fatigué et perdu), de ce Salon l'invité d'honneur et cette nuit, avec sous son veston un vieux pull passé directement sur ses vêtements de nuit, me disant ça d'une voix presque inaudible, que j'avais mise à cet instant sur le compte de l'insomnie, de la fatigue, de l'angoisse plus probablement : « Temps de menace... », avait-il presque silencieusement proféré, ne parlant qu'à lui seul et sans savoir si ça ne concernait que notre situation à cet instant, le Hilton, les livres ou tout l'ensemble.

L'incendie du Hilton, les jours suivants, jamais je n'aurais eu l'idée que ça s'écrive : images trop floues, banales – une fois les quatre heures finies et nous dans notre lit, à part une bonne histoire à raconter à ceux qu'on croise, qu'est-ce qu'il reste ? Parce que ça faisait tableau, le nom prestigieux de l'hôtel en haut de son building forteresse, et ce dédale de couloirs où nous avions attendu, pimenté certainement par cette présence des écrivains connus dans le froid en pyjama, dernier prix Goncourt inclus ou ce vieil auteur que j'ai remorqué au Tim Hortons et qui semblait trouver ça une insulte à sa grandeur ? La grande ville moderne qui nous recevait était comme toutes les grandes villes de ce monde, c'était cela, le signe : cela aurait pu se produire n'importe où au monde et pas seulement ici, aux bords ouverts du Grand Nord, et où notre vieille langue s'était accommodée de ce monde neuf, qui pourtant tournait radicalement le dos à notre vieille culture, celle que nous représentions par ces livres, avec cette sensation soudain, la nuit dans les couloirs sales, que tout cela n'était qu'abîme ?

À dix semaines d'écart de ces quatre heures, il reste quelques moments précis plutôt que la masse des attentes, on est conscients que ces images sont fragiles, que déjà elles ne sont plus si précises, qu'on ne vit plus avec de façon aussi intime qu'aux premières semaines, dans la surprise de ce qui s'était passé, et cette révélation du moderne par en dessous – et donc qu'il faudrait s'y mettre, comme on sait le faire, au moins des listes, des descriptions, une mémoire. Mais pas de chronologie qui vaille, de drame encore moins, juste cette myriade d'éléments maintenant décantés, agrégés, aucun pour embarquer un livre à lui seul. Ce type qui m'avait renseigné pour trouver le Tim Hortons ouvert, mais ensuite je m'étais trompé et n'avais pas trouvé ? Et mon vieil écrivain célèbre, qui probablement ne m'aurait jamais parlé en conditions ordinaires, que j'avais trouvé errant, vieux pull et veston sur ses vêtements de nuit, dans ces galeries de la gare centrale et qui m'avait suivi au Tim Hortons, tout en parlant de Céline et d'autres comme si notre monde à nous, la littérature, était ici comme au spectacle et nous en promenade, tandis que quinze étages au-dessus de nos têtes se propageait l'incendie ?

De quoi je dispose comme traces : nous étions partis laissant nos affaires, à peine le temps de fourrer quelques bricoles dans un sac, et quand même l'appareil photo numérique, mais les conditions se prêtaient mal à son emploi (un ami, ensuite, quand je lui avais dit que je m'efforcerais de mettre tout cela par écrit : « Et qu'est-ce que tu faisais de ces heures, toi : des photos... ») Pourtant, c'est bien ce qui fait entreprendre récit : on a si peu vu de ce qui se passait. C'est cela, l'allégorie ? On traverse ainsi le présent, on est en son lieu même, on en est évincé, et à quelques dizaines de mètres dans la ville, voilà qu'on est radicalement jetés dans un temps séparé ? La série des images prises dans ces quatre heures, j'en dispose sur cette même machine où j'écris. Pour l'instant, je n'ai pas besoin de m'y référer : c'est ce dont l'image ne saurait témoigner qu'il me faut entreprendre de rejoindre par le récit.

Un monde à l'envers ? Assez des machines, de cette folie vide des objets périssables, de la communication omniprésente, les immenses affiches « Salon du livre » : pendant quatre heures, tout était tombé. À qui même aurions-nous téléphoné, et qui aurait pu changer quoi que ce soit à notre situation ?

J'ai toujours accumulé les carnets, les cahiers, même depuis si longtemps que je n'en fais plus de vrai usage. Et surtout lorsque, comme ici, c'est découvrir une ville étrangère. Mais période bien finie, aussi, que le souvenir d'une ville ou d'un pays puisse se traduire par l'épaisseur d'un carnet à écrire, aux inscriptions parfois indéchiffrables (j'en garde un, rapporté par un ami photographe d'un séjour en Mongolie). Ainsi, au rebours de ces années-ci, et parce que l'événement – cet incendie du Hilton – nous avait brutalement, pendant quatre heures, jetés hors le confort et la routine de l'époque, j'aurais pu reprendre ces habitudes d'un mince cahier noir (il m'en reste d'une série achetée autrefois à Rome, chez Vertecchi, mais à mon dernier passage je n'y avais rien trouvé : la mode internationale est à ces petits carnets de marque Moleskine, reliure toilée noire, très beaux certes, mais précisément fabriqués dans la ville où je vis – belle réussite commerciale à l'exportation, mais qui ne peuvent me dépayser). Là, à dix semaines d'écart, dans ces moments vides du train, aux heures habituelles d'insomnie et ce qu'on brasse dans la nuit, revenaient ces images de l'incendie du Hilton, la déambulation dans ces galeries vides, les rues noires et venteuses où nous errions, le mystère de la ville dans sa splendeur la plus contemporaine réduite à ce labyrinthe de courants d'air.

On a chacun ses souvenirs d'incendie réels : d'abord cette odeur, mêlant le brûlé à ce qui moisit parce que noyé pour l'éteindre. Odeur aigre, persistante. Et pas grand-chose qui survive dans les formes qu'on reconnaît vaguement, émergeant de la pâte noire. Tous les incendies sont pour moi, depuis l'enfance, celui de ce refuge du grand-père maternel, fouillis d'objets et de livres qui était une ressource considérable pour l'imaginaire. Je le revois, penché, debout devant les cendres, avec ces charpentes noircies qui semblaient là-haut veuves du ciel, soulevant un reste de livre sans reliure. C'est cela qu'on réouvre en se disant qu'on devra faire tenir un incendie dans son carnet.

J'ai toujours travaillé en double, avançant à la fois le livre et son projet : dans les anciens carnets, en page de gauche des listes, des bribes de plans et des éléments à se remémorer, des noms, des lieux. On note des titres de livres, on découpe ou recopie des bribes d'articles, on stocke des images, autrefois découpées, maintenant repiquées sur l'écran, on bricole des plans, des schémas avec des flèches et des assemblages, puis ces bouts de phrases, celles qui viennent dans la nuit, qu'on tient précautionneusement devant soi au lever pour les déposer dans le cahier qui les garde, la date avec le texte, ou juste comme ça, dans la rue. Et puis, autrefois page de droite des carnets, le récit linéaire, ses ajouts, reprises, corrections. Je gardais tout cela dans une vieille valise noire : mais longtemps que l'ordinateur avait mangé d'abord les versions en cours, puis les carnets eux-mêmes.

De même j'aimais ces stylos-plumes de marque Schaeffer, au lourd corps de métal noir brossé, et leur capacité de tenir une écriture à la fois minuscule et grasse. Je ne supporte pas, s'il s'agit de récit, ce qui porte atteinte à la vitesse : le clavier aujourd'hui le permet, ils sont sur une plaque souple, on s'habitue à les utiliser sans voir et c'est comme ça que j'entame ce texte, première heure, juste au lever, avec un bol de café et le silence du dehors, la nuit pas encore défaite, l'ordinateur tenu sur les genoux dans quelque recoin qui ne soit pas la table de travail et ses tâches du jour : listes dans minibloc-notes hors du traitement de texte principal, schémas et noms, déroulé des heures – et c'est nouvelle grotte ou nouveau labyrinthe, ce qu'on peut associer à l'incendie du Hilton.

Il aurait voulu quoi, mon vieil auteur si célèbre à ses propres yeux et que j'avais vu dans tant d'autres hôtels, colloques ou salons, trois admiratrices et deux attachées de presse à ses basques, alors il se contentait de me faire un signe de loin, mais cette nuit s'accrochant à moi parce qu'être seul lui était insupportable : que je lui serve de maître d'hôtel, dans ces corridors venteux ? « Un écrivain, quand il vieillit et qu'on lui rend hommage parce qu'il est vieux, devient tous les écrivains », m'avait-il sorti un moment. « Qui parle encore de Robbe-Grillet, tiens, tu l'as connu comme moi… » Que je dise oui ou non de toute façon lui était complètement égal.

Quatre heures d'une interruption du monde : elle n'a concerné que les huit cents personnes évacuées cette nuit-là dans les creux et galeries inutiles de la ville rationnelle et fière. Qu'est-ce qu'il vous en reste, tant les lieux on les connaît d'avance, des images, des visages, et de ces conversations dans la fatigue de la nuit ? Je revoyais les marcheurs et les immobiles, les parleurs et les muets, les instables et les inquiets, les amusés et les blasés. Commencer par accumuler ces éléments qui surgissent d'une mémoire encore documentée et précise, ou rêver au contraire à un texte en permanence double, la conception, les notes s'imbriquant dans ce qu'on irait chercher progressivement de récit, comme on plonge, maintenant l'ordinateur sur les genoux, dans la pièce rideaux clos et lampe artificielle, une couverture remontée, parce qu'il fait froid, sur la totalité du corps pour attraper ce qui se découvrirait à mesure, mais interrogerait d'abord ce qui, à deux mois de distance, est une réinvention du temps ?

Je revoyais cette coupole ronde vers laquelle on nous avait menés, petits groupes transis, gardant écart entre les corps, et personne pour parler. Je revoyais ces espaces creusés dans le béton et la ville, dont nous ne savions même pas le lien physique avec ces couloirs là-haut d'où on nous avait évacués, dans les sirènes, les ordres, les lumières fantasmatiques de ces pompiers masqués aux équipements brillants, et la fumée opaque et puante qui avait envahi le Hilton. Découvrant même qu'il nous avait été impossible de mesurer ou d'imaginer concrètement à quelle hauteur nous étions du sol de la ville, comme on le découvrait maintenant, dans cet étroit escalier de ciment brut, qui depuis quarante ans probablement attendait de servir une fois à ce pour quoi on l'avait conçu : l'évacuation en cas d'urgence.

« Franchement, m'avait dit mon vieil écrivain quand je lui avais téléphoné quelques semaines plus tard, faire un livre avec ça ? Je sais bien : l'idée du vieux Gustave, un livre sur rien… – La ville…, j'avais dit. – Mais quoi, il avait repris, quelques bourgeois qu'on dérange, et attendent à quelques centaines de mètres qu'on les autorise à réintégrer leurs chambres climatisées, ou reprendre leur ordinateur pour se vanter par wifi de leurs aventures ? » (Il avait pris connaissance tout récemment, après ce voyage, de mes activités sur Internet : « Franchement tu y crois, à ces idioties-là... » pour toute conclusion.)

Mais à ce moment-là je ne savais pas encore si je m'y embarquerais, si ça pouvait vraiment être un livre. J'en avais parlé à mon éditeur, l'envie de mettre ça au clair, et pourquoi je m'y attelais, ces semaines-ci, au lieu du prochain livre ensemble évoqué, et pour lequel il m'avançait de quoi vivre. Je lui avais raconté ce qui s'était passé. Je me disais en secret : qu'il me dise que ça ne l'intéresse pas, qu'on en fasse discrètement un joli petit objet de diffusion limitée, chez un éditeur plus marqué par le contemporain, l'expérimentation. Au lieu de ça : « Ah, je vois ça très bien. Mais je le vois bref, très bref... » Moi et le bref, j'allais répondre évasivement, mais il concluait d'avance : « Et pas de digressions, hein, rien que les faits. »

« Si encore c'était ce Salon du livre, en bas, qui avait pris feu : tu vois ça, l'*escampade* ? » Il avait raison, le vieil écrivain, quand il me montrait ces sorties aux six coins de la gare, avec sa canne : nous en restait quoi, des « faits » ? Quelques images de salles, couloirs et galeries impossibles à deviner et où soudain nous errions, ces salles et ces grottes creusées droit dans le béton, vitrées et illuminées, ou au contraire corridors de service, passages réservés, où toutes ces heures on nous avait fait avancer comme si elles ne cesseraient jamais, et où probablement nous ressemblions au pire des exodes. « Mais ressembler : ressembler seulement, m'avait dit le vieil écrivain, qui tu intéresserais au destin d'un Hilton qui crame ? » Puis : « Une caricature, une mascarade. Tu connais autant que moi les récits de ceux qui partaient pour ne plus revenir... » Encore : « Nous qui avons toujours un livre dans la poche... » Justement, j'ai répondu, pour ces quatre heures « de l'autre côté » (son expression), nous n'avions rien emporté, rien pris, même pas un livre. Et lui de conclure : « Enfin, ce n'est quand même pas sur ces populations-là que tu as fait ton image. »

Nous étions, cette nuit-là, littéralement passés de « l'autre côté » : mais « l'autre côté » de quoi ? On vit dans un monde à la fois trouble et composite, juxtaposant en chaque lieu le plus riche et le plus pauvre, mais ici, sous les affiches du Salon du livre, il nous en parvenait quoi ? Aux informations télévisées, sur les écrans de l'hôtel, en version sous-titrée muette, l'habituel vacarme des bourses en dégringolade et reprise comme si on avait tous de l'argent à y gagner ou perdre, la vague encore non calmée de l'élection américaine, un hélicoptère tombé dans tel pays en guerre et les chiffres ailleurs de chômage, mais qu'avions-nous ce week-end à en faire ? Rien de plus que n'importe quel samedi soir sur la terre et tout cela enrobé de la compote internationalisée de résultats sportifs ou des nouveaux films qui dureraient encore un peu moins longtemps que nos livres : un dimanche assez ordinaire finalement. La ville était calme, et le soir nous y avions marché, on aimait ces grands bars à bière sur parquets noirs, eux aussi sous de grands écrans couleur comme si dans ce pays ils étaient partout indispensables, avec leurs déferlantes indéfiniment recommençables des prouesses de football ou hockey sur glace, mais plus loin les avenues étaient calmes, éclairées, dressant pour l'avenir leurs grappes d'immeubles modernes, et rien à glaner ici pour en organiser faussement, sous prétexte de roman, la rencontre de destins arbitrairement croisés – une série télévisée l'aurait fait : mais la catastrophe imprévue du Hilton était une catastrophe minuscule, qui ne nous avait pas laissés ensanglantés sur une île déserte, héroïnes et personnages hauts en couleur, à peine un troupeau effrayé, muet et divisé, dans les couloirs et galeries d'un monde provisoirement ouvert – non, nous étions simplement rentrés dans nos chambres. Si l'odeur avait perduré pour le reste de notre séjour, si le Hilton avait fait ce geste commercial de ne pas nous facturer cette nuit pourtant plus notable que les précédentes et les suivantes, une porte condamnée dans un couloir marquait seule que cet incendie n'était pas une invention rétrospective.

Et ce troupeau que nous étions, peut-être chacun à croire, comme je l'étais moi-même, qu'on n'était que par exception parmi ces habitués des signatures et salons, entre piles de livres invendus et pots de fleurs. « Ceux qui font de ça une profession, disait le vieil écrivain : moi, tu vois, sinon je ne sortirais même pas... »

Le nom Hilton, pour moi, vaguement synonyme de luxe (la vie américaine), ou d'inaccessible (l'argent) et ainsi de suite : je n'aurais pas avoué à quelqu'un « je suis allé dans telle ville, j'ai dormi au Hilton ». Trop la honte, diraient mes enfants. Celui-ci portait le nom de son emplacement dans la ville, en fait juste au débouché de la gare centrale – il n'y avait qu'à traverser la rue : Hilton Bonaventure. C'était bien la première fois de ma vie que je dormirais dans un Hilton, mais qui se préoccuperait qu'un tel lieu brûle ? Il y avait d'ailleurs bien plus luxueux, même à proximité immédiate (j'avais appris deux jours plus tard que les clients du Hilton disposant de suites avaient été non pas relégués comme les huit cents autres dans la non-ville que nous avions explorée, mais dans un des grands hôtels voisins, dont celui qui avait refusé de mettre ne serait-ce que son hall d'accueil à la disposition du groupe des évacués laissés dans le couloir d'accès à la gare). Et c'est le Salon du livre qui motivait notre venue, dans l'avion du jeudi, qui en était l'explication : sur cinq étages souterrains (deux de parkings, trois de salons – les accès principaux en niveau rue, et des bureaux au-dessus sur douze étages). L'énorme cube souterrain, dont trois dalles de ciment pour les 135 000 personnes qui, trois jours durant, viendraient arpenter ces allées, était la propriété du groupe Hilton : un centre des congrès, comme nous dirions, de ce côté-ci (et qui avaient repris dès le lendemain de l'incendie, ils avaient juste changé les salles : une réunion de médecins généralistes proposée par une marque pharmaceutique spécialisée, j'avais compris, dans les inflammations gastriques). Et loger les invités dans l'hôtel au-dessus, c'était seulement une des commodités proposées, à prix accessible. En gros, nous étions hébergés dans ce Salon même, où nous aurions à intervenir lors des tables rondes, ou faire acte de présence pour des signatures de livres, et les trois étages de ce Hilton, du treizième au quinzième étage du building s'ancrant sous terre par les cinq étages du salon d'exposition, étaient une sorte de logement commis d'office : nous n'aurions même pas à quitter l'immeuble de trois jours si on le souhaitait.

2.

Alerte

Centre de congrès dit « Place Bonaventure », en 1967 le plus grand du monde, avec ses 280 000 mètres carrés de bon béton sur dalles, gare non incluse, kilomètres de couloirs, galeries commerciales, hôtel et bureaux.

Qu'on récapitule. 1 h 50 (très précisément, quand j'avais attrapé le réveil et regardé, 1 h 47), dans ce sommeil profond où on a fini par tomber parce que c'est la troisième nuit ici et qu'on n'a pas fini complètement d'ingérer le décalage des heures. Ces chambres sont standardisées, rationnelles. On n'a pas à s'interroger, même le premier soir, sur où trouver les interrupteurs pour la lumière, la clé sous forme de carte magnétique qu'on vous a donnée fonctionne, il y a un téléviseur face au lit – on n'en a même pas testé les fonctions. Comme l'hôtel se veut haut de gamme, il y a un réfrigérateur avec des boissons, on ne s'en est pas servi non plus, mais au-dessus une bouilloire avec des capsules de café soluble et des sachets de thé, on en a fait usage. La chambre est climatisée, et ce n'est pas comme au Japon :

L'INCENDIE DU HILTON

facile de s'en servir, basculer l'affichage de Fahrenheit à Celsius, diminuer la température affichée, et la couper quand on est dans la chambre, supprimer ce bruit désagréable de soufflerie. Aurait-on auparavant pensé à l'existence de haut-parleurs, même si on est habitué à la présence de détecteurs de fumée ? Il est donc 1 h 50 (ou, précisément, 1 h 47) quand survient le message d'alerte, une fois en français, une fois en anglais, et qu'il se met en boucle. On n'y croit pas. On a trop l'habitude, dans nos rues, de ces alarmes de voitures qui sonnent pour rien. On serait même rassuré par ces dispositifs, comme, le premier mercredi de chaque mois, à midi pile, le déclenchement grandissant puis décroissant, et renouvelé à cinq minutes, des sirènes réglementaires. On n'a pas peur : c'est trop rationnel, ici. On sait ce que c'est qu'une catastrophe : on a vu les images du 11 septembre, elles nous ont traversés, on connaissait le World Trade Center jusqu'en haut, et ce balancement élastique fascinant du béton jusqu'en haut de la ville (c'était quelques mois juste avant le choc, et persiste le visage de cette jeune serveuse noire, à la cafétéria en surplomb, où si longtemps on était resté). Et puis qu'ils fassent ce qu'ils veulent, alertes ou n'importe quoi, on a trop sommeil, on arracherait plutôt les fils du haut-parleur, on finit par se lever regarder si c'est possible. Le signal ne s'arrête pas, et toujours la même phrase, fumée détectée *keep your door shut*. On serait plutôt en colère : nous on est là pour le Salon du livre au-dessous, on est bien quelques dizaines à dormir là, les calibres de l'édition à succès et ceux qui viennent de décrocher le gros lot du prix littéraire, le vieil auteur invité par révérence et les trois poètes pour un débat sur la francophonie ou autre spécialité pour table ronde d'actualité. Mais ce week-end, la ville n'en tient que pour sa coupe de football : vieux monde qui s'abreuve du sport spectacle et se moque bien des cinq étages de salon du livre au regard de ces affrontements télévisés, avec logos de marque sur les équipements et casaques. Le Hilton Bonaventure, quarante ans de loyaux services, est une sorte d'hôtel en gros, comme on parle d'épicerie de gros : on y vient pour affaires, on traite chaque jour après l'autre des réunions professionnelles (les ostéopathes et guérisseurs le vendredi, en parallèle d'une célèbre marque d'imprimante et matériels à photocopier, d'où sortaient tout reliés les ouvrages, avant les médecins généralistes le lundi, à l'initiative d'un laboratoire pharmaceutique dont soudain le sigle était partout), et ce samedi soir, où c'est marée basse pour les gens de finance, commerce et industrie vissés à leur téléphone portable (les plus modernes, ceux qui permettent de relever son courrier électronique et se tiennent à la main, une oreillette ou un fil très mince donnant à qui vous croise l'impression qu'on parle seul) et dont on repère vite la maladie de passer devant à votre place ou vous considérer comme la lie du monde si vous n'êtes pas pour eux l'enjeu d'un « marché », mot qu'ils voulaient à tout prix qu'il s'applique à ce qui était livre, édition, librairie, même si vous aviez plutôt tendance, pour votre part, à chercher ce qui reste des petits éditeurs de poésie (ils avaient effectivement un stand, s'étaient mis à cinq de tout le pays pour l'obtenir). On voyait donc déambuler aussi, rarement seuls, et plutôt par groupes de coéquipiers, ces types d'un gabarit qu'on n'aurait pas imaginé, d'ailleurs très polis, bien plus polis que les représentants du monde affairiste. Et dans l'ascenseur, quand, même en vous tenant bien droit, vous n'arrivez qu'à la poitrine des trois types en survêtement qui vous entourent, c'est une expérience intéressante.

Donc les auteurs, aux dos cabossés et aux cheveux ternes, encombrés qui d'un cartable, qui de son ordinateur, voisinant table à table au petit déjeuner (on devait cependant coûter moins cher à l'hôtel vu ce qu'ils consommaient, eux) ou croisant sans cesse entre ascenseur et couloirs les gloires du football local, mais d'eux et pas nous l'hôtel se servait comme d'appât. Je ne sais pas si ces supporters choisissaient l'hôtel sachant que leurs sportifs préférés y étaient aussi hébergés, ou bien si les clubs sportifs leur vendaient le week-end hébergement compris pour amortir le coût de la chambre de leurs vedettes (même mes vieux Rolling Stones, ces dernières années, n'avaient pas résisté à ce type de marketing : dans les capitales secondaires des États-Unis, dans les vieilles capitales d'Europe qu'ils arpentent, et même à New York si on en a les moyens, on peut se procurer ensemble le billet de concert et la chambre dans l'hôtel où ils logent – non pas cependant à leurs étages réservés, mais avec vingt minutes d'un apéritif luxueux où ils entreront dans la pièce, parlant entre eux sans trop se préoccuper de vous, mais heureux quand même ou en donnant l'apparence, saluant de loin mais amicalement ou en donnant l'apparence, contrat honoré – saltimbanques toute leur vie, dans la meilleure acception du terme ?). C'était en tout cas la stratégie commerciale du Hilton, ils ont une équipe fournie de salariés à rétribuer, et probablement, très loin et indifférents à la façon dont on extorque leurs dividendes pourvu qu'ils leur parviennent, des actionnaires et conseils d'administration à engraisser : les footballeurs rapportaient certainement plus que les auteurs.

Alors ce samedi matin, tandis qu'on descendait vers les souterrains du livre, les hauts gabarits du foot dans la salle de prestige de l'hôtel, agrémentée de plantes vertes louées, arrivées le matin même sur chariots, toutes encapuchonnées de nylon (bien plus belles ainsi, d'ailleurs), et, de la même façon que nous allions signer nos livres, les gamins des écoles venant en groupe bruyants et rieurs (ça, c'était un plaisir) leur faire dédicacer des ballons minuscules, offerts conjointement par une marque sportive et la télévision nationale. Et c'est ce qui nous valait dans les couloirs, au retour ce soir, et dans l'ascenseur déjà cette fin d'après-midi leurs relents de bière ou d'alcools forts, remontant des trois travées souterraines du Salon du livre et partageant l'ascenseur avec ces supporters se déplaçant par groupes de six ou huit, reconnaissables à leurs écharpes de couleur et bonnets ridicules, à la voix forte et aux accents aussi incroyables en anglais qu'en français : catégorie internationale, ah le métro de Paris aux soirs de grands matches, si on fait la bêtise de passer par place Clichy ou Faubourg Saint-Denis. Et partout dans le bar et les couloirs, les logos omniprésents de ces marques d'équipements sportifs : j'avais aussi vu, le matin, tripotant mon ordinateur pour le petit tour quotidien de la presse, un des chefs de rang en costume pousser cérémonieusement, comme s'il s'agissait du précieux piano à queue d'un concert, ou d'une levée de corps, le plus gigantesque écran plat que j'avais jamais vu : ainsi les clients s'incrusteraient-ils plus longtemps au bar, ainsi le Hilton commerçait-il des suppléments facturés aux supporters en bénéficiant de leur résistance amoindrie à l'alcool, des verres déjà consommés pendant le voyage et qu'ici, dans l'euphorie et la pénombre du bar, un verre bien sûr en entraînerait un autre.

Et maintenant ce message bilingue insupportable qui défile en boucle à pleine puissance des grilles métalliques de haut-parleurs dont nous n'avions même pas supposé l'existence (« message d'alerte : fumée détectée, merci de maintenir vos portes fermées pendant la vérification de notre personnel »), 1 h 50 maintenant atteinte, maintenant passée. Personne dans ce fichu hôtel pour repérer le bouton correct au tableau de sécurité, qui devait bien figurer au menu de leurs ordinateurs et écrans de contrôle, et supprimer l'annonce parasite et qu'on nous fiche la paix ? C'est le premier réflexe, on se dit qu'on irait bien les rejoindre à l'accueil, manipuler soi-même les écrans de contrôle de ce fichu système de sécurité, et leur montrer où c'est, parce qu'il existe forcément, le bouton à cliquer pour supprimer le message, et retourner dormir.

Message automatique de vingt secondes environ, en boucle pendant douze minutes plein volume et même intonation : donc enregistré d'avance, et, dans ce local à l'arrière de la réception, là où on vient pour les formalités, où on aperçoit des écrans, des pupitres, forcément un poussoir ou interrupteur, case à cliquer sur un ordinateur, incluant tous ces messages en version bilingue, et prêts à s'appliquer à toute situation imaginée d'avance ? Il se trouve que j'ai eu à parler, plusieurs fois, avec ce jeune juriste chargé à la Préfecture de police de Paris de l'élaboration des plans catastrophe (par exemple : algorithme de réquisition des patinoires municipales pour stockage des cadavres en cas de propagation de grippe aviaire – et nous serions, cette nuit même, hébergés dans la patinoire voisine), j'ai même dû en plaisanter avec lui, qui écrivait uniquement de la poésie, comme quoi son activité tenait de celle du romancier, et que bien dommage qu'il ne mêlait pas sa vie professionnelle à son travail littéraire. Quelqu'un, rémunéré par le Hilton ou par l'entreprise chargée de sa sécurité, avait donc pris la peine d'inventorier, puis rédiger, puis faire enregistrer cette suite extensive de messages, dont celui que nous subissions depuis huit minutes ?

Puis soudain bref arrêt, on va souffler mais non : c'est une autre phrase qui reprend, bilingue et en boucle comme la première, et cette fois : « Message d'alerte : évacuez les chambres, nous vous demandons d'évacuer immédiatement les chambres, évacuez... »

3.

L'Amérique

« La logique même de Kafka », me disait Xavier P. dans l'avion.

On survolait à cet instant Angmagssalik, c'était indiqué sur le petit écran fixe, en dos de siège, avec l'avion modèle réduit tirant un trait rouge pour indiquer le chemin fait, et celui qui restait à faire. (« Le plus beau des films », m'avait dit Xavier P. quand je l'avais rejoint, « en tout cas allant droit vers sa fin, on aimerait ça plus souvent dans les livres. »)

Parce que je venais de relire *Der Bau*, traduit généralement en français par *Le terrier* : un narrateur non identifié (Kafka travaille régulièrement sur l'idée de « la taupe », un de ses autres récits est intitulé *La taupe géante*, mais rien ne dit ici que le narrateur soit animal) – des chambres, des couloirs, un creusement continu, une expansion, tandis que grandit progressivement, autour, un bruit non identifiable, et que l'inquiétude peu à peu l'emporte sur tout le reste. « Et fin ouverte, j'ai dit à Xavier P., mais comment en français on pourrait rendre ce titre, *Der Bau*, qui n'est pas seulement un "terrier", mais chez nous "chantier", ou "construction" ça élimine tout ce côté souterrain, rongement, séparation du monde... »

Dès l'embarquement, on avait été un petit nombre à s'apercevoir et se reconnaître, un vague signe de la main suffit. L'avion est pour chacun un temps privé, qui vous appartient. On s'aménage sa place, on se prépare pour la durée et très tôt on mange ce qu'on vous sert sur le plateau (autrefois c'était agréable, on s'imagine qu'ils auront fait un effort mais pas), ensuite on somnole, on regarde défiler le petit point mobile sur l'étendue indifférente de la mer. Sur cet écran minuscule, chacun avait accès à un programme de films probablement achetés en gros parmi les succès en fin de vie, et qu'on ne serait pas allé voir dans sa ville. C'était une sorte de rituel quand le film proposé était pour tout l'avion, dans la pénombre, cinéma géant flottant dans le ciel. Maintenant, dans la saturation individuelle, si on en aperçoit certains s'enfonçant dans la contemplation de films d'action avec guerres et explosions, la plupart branchent leur propre mini-ordinateur (on vous fournit la prise), et finalement pour tous c'est progressivement ce vague par lequel on se laisse envahir puisqu'on ne peut pas bouger, qu'on a sommeillé mais que c'est fini, et qu'il y a ces quatre ou cinq heures encore à supporter dans la même vibration sourde.

Xavier P. était dans ma travée, côté fenêtre, cinq ou

huit fauteuils en arrière, et les deux places à côté de lui étaient libres, je suis venu m'asseoir un moment.

« Des éléments très précis, les situations les plus concrètes et les plus tendues, mais qui ne valent que localement, pour là où elles se passent. »

Comment on en était venu à parler de Kafka ? Je crois, simplement, à cause de la scène d'arrivée, dans *L'Amérique*. J'avais dit, en gros, que c'était étrange combien pour nous c'était banal, grimper dans ces gros boyaux à quatre réacteurs, passer huit heures et montrer son passeport, tout ce voyage pour retrouver le même petit monde qu'on laissait derrière soi, ou son équivalent, et qu'on referait le même chemin, lui dans trois jours, moi dans cinq, là où pour ceux de l'époque de Kafka c'était partir pour toute sa vie : ainsi le narrateur de *L'Amérique* (« Karl, non, c'est Karl ? »), donc, revenir très vieux peut-être, pour cet appel du pays natal (j'avais lu une récente enquête de terrain sur ceux qui avaient fait ainsi dans le Poitou, une infime minorité assez riche pour se payer maison, la plupart aussi pauvres qu'à leur départ).

« Pas de territoire dans Kafka, disait Xavier P. : juste une configuration d'éléments simples, et uniquement liés au narrateur. La table où il écrit, un divan et la fenêtre, une série. L'arrivée ou le départ d'une ville, d'un village, par la seule route dirait-on qui y mène, et tu as vingt, trente histoires dont la plus courte fera cinq lignes, et une fois aura suffi à générer *Le Château*... »

C'était ce moment dans les avions où chacun semble abandonné à lui-même, on se promène en chaussettes, d'aucuns se sont aménagé des lits en travers des sièges, la plupart semblent mi-absents devant un film dont on se demande s'ils le suivent.

« Imagine une histoire dont on ne saurait même pas dans quelle ville contemporaine elle se passe, des immeubles, grandes rues, l'hiver, événement standardisé qui pourrait avoir lieu tout autour du monde dans n'importe quelle capitale, et pourtant, brutalement, ce microcosme des êtres jetés l'un sur l'autre : là tu serais près de Franz Kafka », me disait Xavier P.

Je lui ai parlé de mon goût pour ces proses ultra-brèves, qu'on avait trop facilement classées comme textes non achevés, et leurs séries récurrentes : une pièce close, un lit et une fenêtre, un personnage qui écrit, et qu'un minuscule accident du dispositif la traverse, le récit sera cet accident seulement, et s'arrêtera au bout de la page.

« Et la série des réécritures, reprit Xavier P. : liste des mythes que Kafka reprend et abrège. Et dans cette contraction – le mot te gêne, tu préférerais compression ? », s'interrompit Xavier P..., « ce dont on se souvient de l'écriture aussi précisément qu'on se souvient du récit : comme une lueur vaguement diffuse, je dirais *jaune Kafka* – ça te choque, *jaune Kafka*?, par quoi ce mythe se communique à notre présent, sans rien rejouer, sans refaire la scène dans notre décor d'aujourd'hui.

Rappelle-toi : Don Quichotte vu depuis le rêve de Sancho Pança, les variations sur Prométhée (" ...restait l'inexplicable roc ", c'est sur cela sa phrase, sur le rocher inexplicable), Ulysse depuis le silence des sirènes, il y a aussi les Indiens, plusieurs fois, et la tour de Babel. Personne pour avoir expliqué, tu peux aller voir ses lettres dans cette période, ce qui mène Kafka, quatre mois durant, à explorer cette veine – comme un mineur un filon mal défini, s'étrécissant, de minerai pauvre, contraint de coller les Peaux-Rouges à la mythologie grecque pour tenir. Et qu'il n'y aurait pas les grands romans sans ce soubassement, et l'évidence que sans ces textes comme des galeries invisibles, qui les prolongent sans même que le lecteur le sache, il manquerait aux romans comme... Comme quoi : une incomplétude ? Dans les trois romans de Kafka aussi, ce jaune un peu pâle, blafard et indistinct mais où les premiers plans et tels objets ou visages, ou tel mot prononcé, sont alors de telle présence ? »

Le steward (c'était un homme un peu âgé et voûté, qui avait la charge de cabine dans notre travée) faisait clore les rideaux à glissière. Les plafonniers éteints, je suis revenu à ma place, ai allumé la petite lampe individuelle et regardé les différents papiers concernant l'organisation de mon séjour.

« Il y a quelques années, m'avait dit Xavier P., j'avais pensé venir m'installer ici, dans cette ville. Non pas tant pour des facilités de travail, ou l'idée seulement de quitter Paris, non, juste sur ce sentiment que nous donne Kafka, qu'on habite une proximité, c'est mal dit : une configuration précise et parfaitement définie (dans *Le Procès*, les greniers, l'escalier, la cuisine de l'avocat, l'atelier du peintre et son passage secret), qui serait notre place sur la terre et pas question d'en changer, mais – cet ensemble – qu'on pourrait indifféremment placer dans cette ville ou n'importe quelle autre tant elles sont, dans notre vieux monde, quasi pareilles, obéissant aux mêmes règles. Ce sentiment très précis, lorsque le soutier de *L'Amérique* vient vivre dans cette chambre et les couloirs de cet hôtel. Tout un livre dans un seul hôtel. Toute la loi du monde recomposée dans un couloir d'hôtel et agglutinant à lui comme tout le négatif de la ville. »

Xavier P., qui accompagnait des poètes pour un prix littéraire remis en commun par les deux pays, n'était pas logé comme nous au Hilton, accueillant au tarif de gros les auteurs et éditeurs pour le Salon du livre, mais j'y ai repensé, le lendemain de l'incendie, à ce qu'il disait de *L'Amérique*.

4.

Arrivée

Je ne suis pas un auteur dont les forts volumes de vente pouvaient justifier que mon éditeur m'expédie ainsi par-delà les mers. Mais on m'avait demandé pour ce Salon du livre une conférence, et de participer à une table ronde sur tout autre motif que mon livre le plus récent (le numérique était la mode : nous sommes en temps de mutation, cela affectait les empilements et présentoirs des trois travées souterraines de ce Salon du livre, et c'est la posture même de l'écriture qui est brutalement remise à zéro, les usages traditionnels de lecture non pas balayés mais soudain lancés dans un espace bien plus grand qu'eux, au point qu'ils y paraissent fragiles à l'extrême, même si rien pourtant de la tâche propre au livre, ou la concentration qu'il exige, n'avait changé).

Le voyage était pris en charge, mon éditeur avait bien voulu ne pas faire trop de remarques, et m'offrir l'hôtel aux mêmes conditions qu'aux collègues aperçus dans l'avion, qui eux venaient pour vendre et dont on savait d'avance qu'ils vendraient – voilà comment et pourquoi nous dormirions pour quatre nuits dans ce Hilton. C'est ainsi qu'on se trouve parfois, pour quelques heures et un coin de ciel, mêlés sans préméditation aux gens qui comptent (en tout cas, ils le croient), les envoyés de l'industrie et de la finance aux premiers rangs de l'avion, les sièges-couchettes aménagés comme de confortables coquilles, et cet invraisemblable capharnaüm de destins des classes économiques, trois sièges de chaque côté de la cabine, quatre sièges au milieu, entre les deux couloirs.

En France on dit « attachée de presse », c'est plus beau et plus ouvert chez eux, avec cet anglicisme (depuis « public relation » ?) : *relationniste*. J'avais correspondu avec Anne France M. depuis plusieurs semaines, elle nous attendait après la lourde porte grise, dès la douane et l'immigration passées. Elle était venue avec une voiture réservée, cinq minutes plus tard nous étions sur l'autoroute pour la ville. J'avais tenté de glisser que nous aurions pu embarquer aussi Xavier P., mais il m'a fait un signe amical, il se débrouillait. Quelle heure il était ? Pour nous, la nuit, pour eux un après-midi finissant, où les gris se diluaient dans une couleur monochrome et sourde, les bâtiments industriels qu'on longeait en semblaient presque peints sur une fresque verticale au loin, non pas la présence de la ville mais les signes affichés et distants d'une grande ville qui ne s'avouait pas telle. Sur ces autoroutes d'après l'aéroport, je ne peux pas m'empêcher de regarder les voitures, le dépaysement commence avec elles, et puis ensuite l'urbanisme, ou les panneaux publicitaires. Mais les voitures désormais sont les mêmes, tout autour du monde. Quelques 4 × 4 à plate-forme arrière ouverte, roulant lentement sur la file de droite, et de gros taxis Toyota de couleur vive signalaient qu'on avait changé de continent. J'ai remarqué que les voitures ne portaient pas de plaque d'immatriculation à l'avant : détails de rien, mais ancrés depuis l'enfance dans ma perception du monde.

Quelques bouchons de fin de journée, la nuit qui se fait, la masse soudain plus noire et haute d'immeubles dont les géométries s'empilent et se hérissent, semblent plus séparés à leur sommet qu'ils ne le sont à leur base (non, rien à voir avec l'arrivée en taxi à New York, quand avant le pont sur l'East River resurgit la ligne magique des toits de Manhattan : c'en était pourtant le modèle, qu'ils avaient copié) – on tournait à gauche, brève rocade, intermède noir d'un souterrain sous les bâtiments maintenant terriblement hauts, et puis d'un coup, la porte de l'hôtel et cet homme noir à barbiche blanche, que j'apprendrais à connaître, qui vous accueille et ouvre la porte.

Ces premiers jours, je n'avais donc rien compris : j'ai cru d'abord que l'hôtel c'était le building en lui-même, puis, découvrant qu'il s'étendait au long de plusieurs ailes et couloirs, mais sur trois étages seulement, qu'il ne s'agissait pas de l'énorme façade noire sous laquelle était l'entrée principale, mais peut-être d'un bâtiment séparé : s'occupe-t-on de ces questions-là, pourvu qu'on sache son chemin et comment s'y retrouver, à moins d'être soi-même architecte ?

La porte vitrée, côté ville, avec une rampe pour les bagages, ne comportait qu'un petit comptoir genre pupitre, avant quelques marches et, encadré par les deux ascenseurs face à face, un couloir nu, banal à l'extrême, tapis à motifs et quelques plantes vertes sous un lustre assez prétentieux, le tout accusant assez de décennies de faux luxe pour se faire oublier, ou pardonner. J'apprendrais, de ce grand homme noir qui était à cette place depuis dix-huit ans (venu d'Haïti, j'apprendrais aussi, quand nous parlerions), que l'hôtel en avait quarante.

On a poussé la valise dans un des deux ascenseurs, assez vaste pour qu'on y monte à douze, avec un large miroir au fond. Et juste deux boutons : le niveau rue, et le niveau réception. L'ascenseur mettait quelques brèves secondes, on ne se rend compte de rien. À Anne France M., plus tard, après l'incendie, je raconterai comment à Saint-Étienne, dans notre vieille France, on vous fait descendre au musée de la mine par un ascenseur bruyant et tremblant qui n'en finit pas, tandis qu'on aperçoit par un interstice la paroi défiler à toute vitesse. La galerie moite où on se retrouve est censée être à 280 mètres sous terre, et on en explore les labyrinthes. Tant d'hommes, si longtemps, ont travaillé dans ces mines. On visitera les systèmes d'évacuation des eaux, de transport de minerai, de prolongation des filons dans la roche. On découvrira les outils et les coutumes de ces types enfermés là toute leur vie, et dans quelles conditions. C'est seulement au retour qu'on comprendra que la galerie était fausse, l'ascenseur une illusion, et qu'on est juste descendu dans une reconstitution à quelques mètres sous le sol, et toute l'histoire de ces hommes, leur conflit avec la matière, depuis longtemps écroulé, inondé.

C'était tout simple, en fait : si habitués qu'on est à trouver la réception dans l'entrée des hôtels, pendant qu'Anne France M. demandait la chambre réservée et que je remplissais le formulaire habituel, jamais nous n'aurions supposé être ailleurs qu'un étage au-dessus de l'entrée.

C'est bizarre comment marche notre tête (c'est peut-être mieux chez les autres, remarque) : parce que né dans un village où seules les maisons bourgeoises avaient un étage, parce que les premiers immeubles vus c'était à Fontenay-le-Comte chez les cousins en cette fin des années cinquante et que ça nous semblait si merveilleux, à nous les dotés d'un jardin mais dans un village à deux rues parallèles, de vivre en appartement dans la ville, ou ce qui nous paraissait tel. Et puis les piaules de facs dans les bâtiments à trois étages : et qu'ils surgissent encore fréquemment dans les rêves, avec la porte coupe-feu qui sépare les zones au milieu (dans nos internats, c'est là qu'étaient les lavabos collectifs, à Poitiers comme à

Bordeaux, et les lits en boxes par quatre à Poitiers et idem à Bordeaux en internat la première année, chambre seule enfin la deuxième et l'occupation qu'on en faisait : reconstituer de mémoire ce que je pouvais avoir de livres et d'objets dans cette chambre minuscule à Bordeaux, et quels étaient les secrets, non je ne saurais pas, il y a quand même bientôt trente-cinq ans de distance). Puis les périodes militantes, le porte-à-porte dans les immeubles, au temps des cahiers de revendications pour le programme commun de la gauche, et les grandes villes, Paris où les rues au tout début (de ce sixième étage rue Lafayette) semblaient des saignées dans la craie, puis Moscou aux longueurs disproportionnées et leurs autobus dont on ne déchiffre ni les stations ni l'itinéraire, enfin Bombay l'immense où là c'est à pied qu'on se perd et ne saurait jamais retrouver l'endroit exact où on a passé – elle aussi, Bombay, dit-on, a changé.

Donc, sortant de ce grand ascenseur au décollage puissant, et effectivement cette durée de transit aurait dû suffire à m'en dissuader, malgré les murs et le tapis de même couleur, la fausse idée qu'on avait juste grimpé d'un étage, que la réception où on se présentait, comme dans tous les hôtels, se trouvait juste au-dessus de ce hall où nous avait déposés la voiture, et non pas sous le toit du building.

Pourtant, comme ça aurait été facile de s'en rendre compte : ce couloir devant les ascenseurs allait jusqu'à une grande baie en surplomb sur la ville moderne, ses buildings. Fascinant paysage de centaines de fenêtres allumées, chacune avec son paysage miniature. Il existait donc des affaires pour autant de bureaux : et tout semblait exagérément net, découpé dans la nuit aux vives enseignes. Certains des buildings à l'arrière-plan devaient aussi servir d'habitations, en témoignait une plus grande diversité des rideaux. On regardait fasciné, et, les jours suivants, j'ai pu en voir bien d'autres venir comme j'avais fait se planter devant la baie, longtemps immobiles devant le gigantesque aquarium humain.

Ces bureaux aperçus, nets comme une miniature offerte. À un étage, juste en face, cela me revient avec précision, deux femmes de couleur faisaient le ménage, tirant un chariot vert. Et sur cette gigantesque tour ovale, un peu en arrière à gauche, certaines fenêtres avaient des reflets vraiment bleus, tandis que d'autres tiraient sur le vert ou l'orangé, tout cela sans arrangement ni explication ni loi sûre qu'on aurait pu définir, puisque certaines lumières disparaissaient, d'autres surgissaient. En bas, les rues comme un puits, mais larges à y passer six véhicules de front tirant très loin dans la ville leurs traînées orange.

À y repenser, donc, un tel panorama urbain ne pouvait être aperçu qu'à condition d'être perché bien au-delà du deuxième étage. Mais ma tête à moi ne savait pas faire ce raisonnement-là.

Des tours, j'avais quelques expériences préalables pourtant. L'année passée au quatorzième étage de la tour Karl-Marx à Bobigny, en 1986, permettait peu la comparaison avec le Hilton. Mais en juillet dernier, nous avions passé deux semaines dans un studio perché au vingt-troisième étage d'une des trois tours construites par l'architecte Pei dans Bleecker Street, niveau Broadway. Il n'était pas possible d'ouvrir les grandes baies vitrées, au début c'est troublant : un intérieur qui ne pouvait bénéficier d'aucun lien matériel avec le dehors à portée de vue, mais séparé de vous par ces quelques millimètres de vitres closes, et le ronronnement discret mais permanent de la ventilation intérieure. Le front contre la vitre, regardant la petite place tout en bas, c'était se pencher comme on tombe. Nous étions côté nord de la tour quadrangulaire, avec en face de nous un bâtiment perpendiculaire fait d'une seule lame où on pouvait suivre l'activité des petites cases minuscules, le reflet des télévisions allumées, la présence discernable des silhouettes. Dans les dix jours, il y eut la survenue d'un orage et puis ce feu d'artifice tiré sur l'East River, qui nous parvenait par reflet depuis ce bâtiment d'en face. Dans les premiers soirs au vingt-troisième étage, avec le petit supermarché en bas où nous allions prendre notre ravitaillement, ouvert 24 heures sur 24, j'avais eu ce fantasme plusieurs fois : peu importe d'être à New York, de retrouver pour la troisième fois la ville des villes, et d'avoir encore tant de choses à y voir ou faire, comme prendre la ligne 7 jusqu'à son terminus et revenir le plus longtemps possible à pied, ou passer le pont sur la Harlem River et suivre ces rues droites dans les vieux bâtiments industriels du Bronx jusqu'à cette impasse au bout où probablement nous verrions Rykers, la prison.

Donc je rêvais, assis tôt le matin, dans cette touffeur de juillet (nous avions pu obtenir ce studio pendant les vacances de son locataire officiel, un enseignant de l'université à qui appartenaient les trois tours) à cela : venir pour dix jours à New York mais ne jamais quitter cette baie vitrée, devant laquelle j'écrivais sur mon ordinateur (connecté, bien sûr), que pour aller au soir chercher un peu de ravitaillement au supermarché, et de dix jours ne pas quitter la pièce silencieuse et fermée, s'attacher seulement à décrire cette vue – même les rayons du couchant sur l'Empire State dont le chapeau passait, droit devant nous, le haut du bâtiment lame, et puis tâcher d'en sentir la palpitation, de cette ville dont il n'aurait même pas été question d'explorer les rues au plus près, remonter de quelques centaines de mètres au Chelsea Hotel dont le nom chante tant (et quand bien même le lieu, lui, ne chante plus : y interroger le fantôme de Devon Wilson – mystère de cette jeune femme qui a été la plus proche de Jimi Hendrix les trois dernières années de sa vie, entremêlée à ce labyrinthe des deux derniers jours avant sa mort, et elle-même défenestrée de ce Chelsea Hotel moins d'un an plus tard, sans enquête ni témoin, c'était un des éléments de mon programme à New York), ni la populeuse 34e qui semble se moquer tellement de la métropole qui l'entoure, et ainsi de suite. Je n'avais donc retenu aucune leçon, si, ce premier soir au Hilton, de contempler devant nous les buildings dans la nuit, depuis la grande baie niveau ascenseurs, n'avait pas induit dans ma tête trop campagnarde que je n'étais pas au deuxième étage, peut-être un peu rehaussé, mais bien au quinzième ?

5.

Disposition des lieux

Avec Anne France M., dont la fonction, sur sa carte de visite, était donc dite *relationniste*, nous faisions connaissance après avoir, toutes ces semaines, échangé au téléphone ou par courrier électronique sur la partie professionnelle du programme. Chez ces gens-là, au Hilton, on ne dit pas bar, on dit *lounge*, comme s'il existait une dénomination internationale se passant de toute traduction. Le décalage horaire est moins pénible à supporter dans ce sens que dans l'autre, on s'offre une nuit en plein après-midi, puis c'est comme de recommencer la seconde partie de journée à l'endroit où on avait interrompu la première. J'avais demandé (ou bien simplement parce qu'Anne France M. avait dit que c'est cela qu'elle prendrait et que ça m'évitait de choisir?) un café crème, en précisant bien cappuccino, même si la part italienne de la chose restait lointaine, et on avait repris un expresso par-dessus.

Au Hilton, pour faire riche, ce sont des espaces de lumière tamisée, des bougies sur les tables (jamais vraiment compris cette habitude des bougies pour marquer le chic ou dénoter le territoire restreint d'intimité supposée, à la taille de la chandelle?). Nous feuilletions le dossier qu'elle avait préparé à mon intention (plans de route et plans tout courts, articles que je n'archive plus depuis longtemps, préférant les calepins électroniques de ma machine), quels rendez-vous et avec qui (dès ce moment, au *lounge* du Hilton, une journaliste devait venir faire un enregistrement), et les heures de présence que j'étais censé faire au Salon du livre : elle m'expliquant donc que c'était un peu compliqué de s'y rendre (en fait non, c'était tout simple, il n'y avait qu'à descendre et trouver les bonnes portes), mais que c'était un avantage d'être logé sur place.

Jean-Paul H. a surgi devant notre table, je l'avais aperçu au tapis à bagages de l'aéroport mais lui ne m'avait pas vu et je n'avais pas voulu le déranger. Des années qu'on se croise, dans notre petit monde : associé d'un des éditeurs de référence de notre petit jardin de littérature contemporaine, c'est à eux qu'était revenu cette année le plus gros prix littéraire, logique qu'il accompagne ici l'auteur bénéficiaire (à la surprise générale, mais avec l'appui de leur éditeur-distributeur qui faisait la loi en ce domaine, et avait préféré le faire attribuer à une de ses filiales, pour une fois, par discrétion). Mais Jean-Paul H. et son patron éditeur, je les connaissais depuis mes propres débuts, comment ne pas être heureux pour eux ? Je les avais vus assez souvent en galères, et combien j'avais d'amis aussi parmi leurs auteurs : n'était-ce pas l'éditeur à qui, il y a bien longtemps, j'avais transmis par la poste mon tout premier manuscrit, refusé, mais avec échange de correspondance qui m'avait probablement placé sur les bons rails de travail ? D'ailleurs, Jean-Paul H. et son patron, la dernière fois qu'on s'était croisés, c'était déjà ou encore dans un hôtel : au « Marathon des mots » de Toulouse, nous étions logés à prix de gros dans l'énorme Holiday Inn du centre-ville (je ne recommande pas : la wifi partout ailleurs offerte y est louée à prix prohibitif), et ce matin-là, au petit déjeuner, ils étaient avec Jean Rolin, pour le travail duquel j'ai vénération. Alors, avec Jean-Paul H., on en a plaisanté, de la vie d'hôtel et de nos croisements toujours dans ce genre de contexte, et jamais dans la vie civile, quoique chaque fois on s'en promette. Et plaisanté aussi puisque, de la même façon que j'étais assis avec la responsable ici de ma maison d'édition, il était accompagné de la responsable de leur maison propriétaire, et que nos deux hôtesses bien sûr se connaissaient. Leur nouveau prix littéraire (d'ailleurs, ça ne lui montait pas à la tête, raison de plus de s'en réjouir) est arrivé souriant, derrière moustache et sous chapeau, une équipe de télévision les attendait, ils se sont éloignés vers le bout de la salle.

Mon propre enregistrement fini, et le photographe de service passé (on a fait les clichés au flash, dans ce même couloir d'accès aux chambres qui servirait à l'évacuation), j'ai demandé à Anne France M. de m'indiquer l'itinéraire qui permettait d'accéder au Salon du livre, puisqu'elle m'en avait remis une carte d'accès permanent, cela lui éviterait d'avoir à quitter son stand le lendemain juste pour me rejoindre. Nous avons repris l'ascenseur. Dans le hall donnant sur la ville, avec l'homme noir qui ouvrait le passage, s'ouvrait une galerie latérale. Au bout de cette galerie, une porte vitrée sur un autre couloir : en fait, la sortie depuis les espaces congrès qui permettait de rejoindre les parkings souterrains, et, à cette heure de fin d'après-midi, pour ce premier jour d'ouverture, beaucoup de gens à l'emprunter, les sacs plastique de leurs achats au bout du bras.

J'ai fait remarquer à Anne France M. que des pancartes sur pied, avec une feuille photocopiée, indiquaient dès ici le chemin du Salon, et qu'il me serait difficile de m'égarer. « Mais les auteurs veulent toujours qu'on les accompagne », a-t-elle dit.

Donc : au niveau de l'ascenseur, au lieu de rejoindre la porte sur rue, on prenait sur la gauche cette discrète porte vitrée, elle-même donnant sur un sas, et une autre porte jumelle vous projetait sur l'allée cimentée rejoignant à droite le parking, et pour nous il suffisait de partir en direction opposée : on tombait sur un large plateau de ciment nu, et une batterie d'escaliers mécaniques brillants descendant au sous-sol : à l'étage inférieur commençaient les souterrains du livre.

Et ce puits surdimensionné (cent trente-cinq mille

personnes viendraient ces quatre jours) des quatre escalators était la seule issue, sur son dessus, du monde souterrain déployé sur trois niveaux qui constituerait, pour quatre jours, la Babel des livres.

Le lendemain, j'avais même trouvé un raccourci : un vigile imposant planté devant une ouverture en découpe marquée « exposants seulement » (mais j'avais mon badge), et on traversait, par une suite de doubles portes, des salles vides, hors quelques empilements de chaises, blanches sur moquette grise, par quoi soudain on était directement projeté en plein Salon. Et cet immense quadrilatère cubique enterré était le soubassement même de l'hôtel.

Parfois les appels des haut-parleurs, pour un débat ou une lecture, ou le début de la signature d'une des pointures convoquées, faisaient qu'on attendait simplement pour reprendre. Et quel étrange bruit de fond silencieux, dans l'immense cave de béton aux travées étroites, ce froissement de pas, ce tambour de mille voix même si aucune ne tranchait. Des Salons du livre en général, et de celui-ci en particulier, j'ai peu à dire : ce qui nous occupe n'est pas un métier, en tout cas ça se passe ailleurs que dans ces entassements clos. Et ceux qu'on y croise, quand le hasard vous y ramène, sont comme la partie morte de ce petit monde : on dirait qu'eux ça leur convient, qu'ils n'en louperaient pas un de toute la France, y ont leurs habitudes presque comme d'un portemanteau réservé. Certains de mes plus proches amis, on peut se voir une fois tous les deux ans, c'est bien le roulement de temps qu'il nous faut pour avoir accumulé de quoi exprimer ce qu'on a (si je prenais ses mots à lui) ou conquis, ou vaincu, ou déplacé – ou bien, au contraire, là où on s'est résigné, et dont on laisse à d'autres le soin d'investir le territoire aperçu, sombre, hostile. C'était un Salon comme les autres, et sans cette table ronde sur le numérique je n'aurais pas, de moi-même, eu le souhait d'y participer, ni même d'y traîner : le livre, pour ses lecteurs, est un objet rare, personnel, et non pas ces accumulations en masse qui en mêlent toutes les catégories, vous donnent le tournis, tout en vous faisant respirer cette poussière des allées de ciment brut, ici aggravée par les sous-sols.

6.

Évacuation

Descente. Étage, autre étage. Escalier étroit. On est beaucoup. On n'a eu le temps de rien prendre. Un sac à main. Un manteau sur des vêtements de nuit. Ceux qui ont des enfants, les plus empêchés. Aux virages l'escalier de béton semble encore plus étroit et plus raide. On a l'impression d'être les premiers à emprunter ce chemin : ça se voit, même au béton, aux ampoules, quand on emprunte un chemin que personne n'a pris. Je compte machinalement les étages, lorsqu'on passe devant une des portes coupe-feu j'espère malgré moi qu'ils vont nous faire sortir par là, et qu'on va y attendre la fin de cet accident au Hilton, alors qu'on serait sur le point de protester, et qu'il n'est pas légitime de pratiquer ce genre d'exercice d'évacuation en pleine nuit avec des clients venus là pour leur vie professionnelle, les livres et les débats tout en dessous, et qui plus est à peine récupérant – sommeil cette troisième nuit très lourd dans sa première phase – du décalage horaire au changement de continent. Mais au débouché du couloir des chambres, dans le fracas interrompu de leurs sirènes, et alors qu'on se demande encore si on a pris les quelques choses réellement nécessaires, mon sac à ordinateur avec dedans l'appareil photo et le passeport, la feuille imprimée avec la référence de nos billets avion retour, soudain ces silhouettes en casque et masque surgissant d'un mur compact de fumée là où tout à l'heure il y avait le paisible *lounge*, nous poussant fermement, nous accélérant, nous effrayant aussi un peu : impossible de se souvenir de ce qu'on nous criait en langues mélangées, déformées par leurs masques à visière anti-gaz, *hurry up please ladies and gentlemen stay quiet*, « on se dépêche on garde son calme », ni l'odeur ni la fumée ni ces hommes harnachés de tenues réverbérantes n'incitaient au loisir, comprenant soudain que c'était sérieux. Et découvrant alors à l'entrée du couloir jouxtant l'ascenseur la très discrète porte, comme au Moyen Âge dans les donjons on avait ainsi creusé le Hilton de passages et poternes dans l'épaisseur des murs ? Un escalier dont il était visible que personne jamais ne l'avait emprunté, et moi comptant les étages, et que ça n'en finissait plus, et neuf et dix et onze, qu'on arrivait à quinze soit trente demi-tours raides, puis soudain le froid vif, un appel d'air et la nuit, cette même galerie par quoi le Salon des livres communiquait avec les parkings, et d'autres silhouettes encore, les mêmes casques et des tenues de cuir sombre – non, comme dans un film tu pensais –

sur l'esplanade, où la voiture nous avait déposés l'avant-veille, les gyrophares tous clignotants et les projecteurs d'énormes camions rouges comme eux seuls, sur l'autre continent, savent les faire (Philippe Djian, surgissant à ce moment-là et que je n'avais pas revu après : « Chouette, hein, super, t'es d'accord ? »). On nous a fait traverser (et lui, Djian, s'est évaporé de l'autre côté, vers la ville et les camions), on nous a parqués, sur le trottoir en face, sous un feu rouge. Je prenais quelques photographies (elles étaient floues), les camions, l'immeuble, le feu rouge, et cette publicité qui disait : PAS DE TALENTS À PERDRE, mais c'était toute une convergence de panneaux. Le plus grand indiquait l'endroit où nous étions, où d'autres personnes évacuées continuaient de nous rejoindre, avec une grande flèche marquée STATIONNEMENT, mais stationner à 1 h 50 du matin dans le vent froid de fin novembre, et ce thermomètre sur une façade de la rue d'en face, que nous avions pris l'habitude de regarder d'un coup d'œil à nos sorties, indiquant par alternance moins huit en Celsius puis en Fahrenheit (multiplier par 1,8 puis ajouter 32 : je m'en souvenais à peu près, mais ça marchait pour les moins de zéro ?), un 17 apparemment moins glacé que l'autre, et qui pourtant ne guérissait pas du froid. Un autre panneau indiquant PARKING POPULAIRE et nous en plaisantant : « Ah oui, pour être populaire... » Et cet immense slogan PAS DE TALENTS À PERDRE, seulement ce n'était pas vraiment l'heure de les employer – l'explication était en plus petit au-dessous : « 25 000 EMPLOIS À COMBLER », ce par quoi on se ressouvenait immédiatement avoir changé de continent.

Ainsi donc, ces chambres où nous dormions étaient au douzième, treizième, quatorzième et quinzième étage ? Je comprenais d'un coup la baie, et ce temps de latence de l'ascenseur, que je considérais paresseux.

On allait attendre combien de temps, sur ce trottoir en plein vent, avec −8° Celsius au compteur et à peine habillés (j'avais pris mon ordinateur par une sorte de réflexe, mais pas mon téléphone, et donc pieds nus dans mes chaussures). Instinctivement regarder là-haut : dans les images classiques d'incendie, des flammes rouges sortent des fenêtres. Et dans les scènes de guerre ou d'attentat, l'armature du bâtiment apparaît soudain dans la nuit, toutes parois éclatées, avant que tout s'effondre. Une tour en feu, lesquels de nous n'avaient pas vu ça dans les films ? Mais non, rien. Il y a bien un épais dégagement de vapeur blanche, mais c'est le joujou du Hilton, pas vraiment un modèle d'économie : au douzième étage, avec juste en surplomb les trois étages restants, une piscine chauffée à l'air libre en toutes saisons. L'hiver, l'évaporation est massive, continue. Nous nous y étions risqués : on redescend d'un étage par rapport au niveau des chambres (encore l'impression de marcher dans un sous-sol si trompeuse par rapport à cette situation perchée), puis suivre le long couloir, tourner à gauche et encore à gauche. Là, on laissait le peignoir, on vous remettait si vous le souhaitiez une serviette. On descendait par quelques marches de carrelage dans un étroit sas avec tunnel sous double paroi de polyuréthane qu'on repoussait de la tête en nageant – et voilà, on était sous le plein ciel avec les stalactites de glace, les reflets du soleil naissant sur les buildings en surplomb, le fantasme de la ville se mêlait un instant à ce goût qu'on peut avoir de nager.

Donc, d'en bas, sur le parking, se dire que l'incendie ne peut être si grave, puisque pas de flammes ni d'explosion, pas de périmètre de sécurité dans le quartier. Mais les silhouettes en casque vous convoient désormais de l'autre côté du carrefour, on le traverse en diagonale et on redescend de quarante mètres. Au coin de l'immeuble vitré mais noir et endormi, à l'intersection du bloc suivant, une entrée complètement dans l'angle, et un escalator comme on n'en voit pas chez nous : il irait donc au douzième étage, lui aussi ? Non, on n'y tient pas à deux de front, mais juste l'équivalent de deux grands étages. Puis un couloir, au moins est-on à l'intérieur. On a marché dans une galerie sans éclairage, mini-groupe par mini-groupe, des parois vitrées à droite, et maintenant en surplomb des camions de pompiers en essaims devant les entrées du Hilton, et sa façade sans électricité une dent noire dans la bouche futuriste de la ville. Le temps de se retourner, on découvrait la coupole, une gigantesque coupole : mais à quoi bon une telle coupole dans l'intérieur d'un bâtiment, et pour coiffer une étendue intérieure aussi large et toute vide (plus : sans chauffage), et où nous menait-on ?

Des marches, un muret : une salle comme un hall de gare, et ici des chaises et des tables, une rambarde – c'est la surface blanche, parfaitement lisse, d'une patinoire comme je n'ai jamais vu de surface de patinoire, quatre fois les nôtres : normal, probablement, en pays de si grands hivers, en pays de fleuves glacés et de l'immense plateau continental montant jusqu'au pôle (expérience qu'on s'était bien promis un jour de faire, nous aussi). Voilà, nous étions hébergés dans la patinoire du quartier, cela expliquait la coupole, les tables, la température. Une jeune dame plutôt forte échangeait des informations par talkie-walkie mais ne nous les communiquait pas. Deux vigiles que nous allions apprendre à connaître tâchaient apparemment de découvrir qui était ce groupe confié à leurs soins, quand normalement la nuit aurait dû être si calme.

La place ne manquait pas : tout était surdimensionné. Une longue pièce vitrée où j'ai reconnu quelques-uns des clients de l'hôtel (les huit cents évacués étaient tous bien sûr clients de l'hôtel, mais on n'en repérait ou croisait qu'un nombre si restreint), la salle devant une petite boutique vitrée avec des boissons, et aussi du thé et du café (les prix étaient indiqués), des biscuits, etc., mais évidemment fermée quand nous aurions été si aises d'en profiter – un peu plus tard, on nous distribuerait cependant des bouteilles d'eau minérale. Des tables juste en bordure de la grande piste sans patineur, et nous, nous avons repéré près d'un pilier une banquette arrondie qui avait plus d'avantage que les chaises, pour attendre.

7.

Conversation au Tim Hortons (1)

« C'est donc cela, le nouveau monde ? », me dit dans le Tim Hortons, où nous faisions la queue, le vieil écrivain en resserrant sur lui son veston, le col de pyjama dépassant du pull enfilé trop vite. Maintenant qu'il m'avait harponné, et que j'étais pour lui le seul public possible, la question devenait : comment s'en défaire.

Maladie de ces types-là, à un certain âge, de parler en permanence comme à la radio ou à la télévision, je pensais : à force de faire des lignes et de les vendre.

« À sept ans, deux mois et onze jours de l'attentat où les deux tours s'écroulèrent devant la quasi-totalité du monde, les yeux rivés en direct sur leur téléviseur, et ceux qui dans les flammes ne pouvaient descendre et finirent dans cette trappe au cinquantième étage, avant que tout s'écroule et qu'ils disparaissent... »

Pourtant je m'en souvenais, moi aussi, de ce jour en direct, et ceux qui préféraient se jeter d'en haut sur le bitume de New York et comment reste en tête ce bruit des corps qui éclatent, comment ça peut faire autant de bruit, ce qui n'est plus qu'une ombre noire sur le trottoir, avec tout en haut les flammes, et puis brusquement plus rien que ce mur de fumée compacte qui se propage dans les tranchées ouvertes que sont là-bas les rues, le plus risqué de notre civilisation un engloutissement de boue, et eux fuyant là-devant.

« Voici qu'éveillés, très brusquement éveillés, dit le vieil homme, après ce qu'ils nous ont servi l'après-midi : une conférence, un entretien télévisé et une heure de signatures – et toi aussi, non, je peux te dire tu ? –, la ville est ce théâtre, on lève pour nous le rideau des coulisses : et que la ville n'est pas ce palais de vitres et ce luxe de voitures silencieuses, au ballet réglé des ascenseurs... »

Il s'écoutait parler, mais j'en avais connu quelques autres de son genre, et dans ce milieu parle-t-on jamais d'un livre autrement que depuis les articles de journaux qui le résument : il ne lira pas ces pages, je suis tranquille. À vrai dire, s'il avait besoin de moi est-ce que ce n'avait pas été simplement pour trouver le Tim Hortons et s'y aventurer (« Tu dis que ce nom vient d'un joueur de hockey, ah marrant, vraiment marrant... ») plutôt que pour disposer d'un interlocuteur, puisque ce qu'il marmonnait devait simplement tenir de l'habitude, où qu'il soit et pour tenir son rôle. Mettez des noms, mettez-en tant que vous voulez...

« Ou dans la paix générale à quoi probablement toute communauté humaine aspire, qu'en penses-tu, non ? »

Et moi je pensais qu'ainsi poussés du doigt par une chiquenaude hors de notre taille, soudain nous voilà à égalité arpentant les couloirs souterrains d'une ville, et que de l'homme la nuit n'est que vent, froid et ciment : elle n'est plus rien qu'hostile, à nous-mêmes démesurée.

« Comprendre que notre création même nous échappe, non ? Un grand café et cette pâtisserie que vous avez là, puisqu'il vous en reste trois », dit-il à la vendeuse du Tim Hortons.

On a attendu en silence qu'elle nous serve, j'avais demandé aussi un double café. Les quelques tables étaient encombrées de grappes sombres, des gens les bras repliés sous la tête tentaient de dormir, les autres restaient dans une sorte de fixité définitive et indifférente, sauf justement à laisser leur place à quiconque. Un écran téléviseur muet continuait au-dessus d'eux la diffusion continue de matches sportifs immuablement cycliques, que personne ne regardait. Dans le milieu du Tim Hortons, à une table que chacun frôlait sans arrêt, une mère en chemise de nuit et veste d'homme avec deux enfants tout petits, anorak sur pyjama elle aussi, et un bébé qu'elle tenait du bras droit. Elle avait dû vouloir les emmener au plus vite, seule avec eux trois, sans prendre le temps de les habiller ni rien prendre. Cela faisait donc trois heures qu'ils étaient tous quatre exposés aux regards sous ces néons blafards du Tim Hortons qui ce soir servait de refuge, parce que seul ouvert toute la nuit ? Elle devait faire partie de ceux du deuxième escalier, ceux qu'on avait envoyés vers la gare, et pour lesquels évidemment le Tim Hortons était un avantage. Je l'ai informée de l'ouverture de la patinoire, qu'on y était plus au calme qu'ici, avec plus de place. Mais il y avait deux cents mètres à faire dans le vent, la nuit et le froid, tourner à gauche au carrefour, là où les camions de pompiers s'accumulaient (j'en avais compté une dizaine), elle préférait rester. Le bébé dormait, les deux enfants me regardaient l'œil fixe.

« Un personnage doté en général principalement d'un prénom accomplit telle action dans tel décor : vous disposez des éléments nécessaires pour reconstruire intérieurement la scène. À partir de quoi s'introduit un dérèglement, la plus légère aberration du réel suffit (sera-t-elle digne de voisiner avec les aberrations déjà présentes, vois Bartleby : il suffit parfois d'un mot *I would prefer not to*, rien d'autre). »

Et nous n'aurions rien d'autre à échanger, je pensais, que ces mots de boutique ?

« La littérature est un excès, disait-il, une distorsion, une amplification : je n'aime pas les petits arrangeurs de réalité fade. »

Je pensais que ce café était vraiment trop brûlant pour le boire, et que s'ils se décidaient un jour à verser l'eau moins bouillante ça aurait moins le goût de brûlé dans une eau de vaisselle.

« Alors ils se croient forts, ou dignes de la littérature, s'il suffit d'empiler un titre et une histoire après ceux qui ont posé ici le soutènement. Roman ? Tu parles, roman. Dans tous les cas, le cinéma le fera mieux que nous saurons jamais le faire : art du spectacle, art pour le loisir, et mille outils techniques rémunérés à son service. Regarde comme on travaille, et avec quoi, nous autres... Mais le culot de changer la recette, à la racine : un petit truc de rien, mais une fois dans ta vie, une seule. La littérature, oui, mais à l'endroit où elle heurte à la représentation du monde : qu'elle la constitue parce qu'elle ne lui préexiste pas, qu'elle la renverse en s'y substituant, même sur le plus minuscule timbre-poste qu'est un récit express de Franz Kafka, de Daniil Harms, tu sais tout ça. Ou, je ne sais pas, tel passage de *L'Intranquillité* de je ne sais plus quel nom d'emprunt choisi par Pessoa, un employé de bureau je crois – encore un des livres où la littérature semble avalée tout entière dans un trou. Où ils sont, les livres qui ont changé la recette ? T'es-tu promené dans ce Salon du livre : des montagnes, des piles, des kilomètres linéaires de prose à vendre. Un livre qui compte te parle, quand tu l'ouvres, une langue étrangère. On n'y comprend rien. Si l'ordre du monde en est perturbé, personne pour s'en apercevoir. »

De quoi je m'apercevais ou pas ? De l'autre côté de la rue, la façade semblait un immense pan noir, abrupt, avec le sigle Hilton tout en haut, sur la droite, maintenant éteint.

« Ouvre n'importe où le vieux Quichotte : c'est dans la syntaxe que ça se passe. Ce n'est pas la pelletée de charbon qu'on introduit dans la chaudière. Le charbon, la chaudière, c'est ta tête, ta fichue tête (pour mieux me le montrer, il avait cogné la mienne) : tes insomnies, ton fichu compte en banque et tes projets qui te foirent dans les mains, l'inutilité de tout cela, ton découragement. Mais dans la syntaxe ? Quelque mal que tu lui fasses, à cet endroit où elle fricote avec le monde, elle rayonnera, sourdement lumineuse, doucement chantante : le rythme, rien que cela, le rythme parfois dans tel vers le plus simple. On n'est pas libre d'inventer la recette qui n'existe pas. Elle est dans notre propre aberration, et pas l'élément du monde qu'on voudrait mettre en phrase. Elle est l'aberration qui préexiste, parce que tel est le lieu d'où nous sommes, et parlons. Alors, oui, quelque mince que soit l'ouvrage, ou timide, pourvu qu'il nous donne à recopier telle phrase, reconnue comme définitive.

« Des noms : Mandelstam, Celan. Va voir chez ceux-là, et tant pis pour le roman. Tant pis pour le joli petit livre à rajouter sur les mètres linéaires des pages à vendre dans le plus grand Salon du livre qui se tienne en notre langue, dans ses caves souterraines. Imagine qu'on découpe le petit cube, ici, qu'on sépare la grande cage de béton, qu'on l'extraie de la ville, avec encore son building planté dessus, et même cet hôtel où nous dormons, tout là-haut, qu'on envoie cela dans l'éternité des éternités, toutes ces pages. Et qu'on retrouve tout cela, mort, endormi, desséché, quelques milliers d'années plus tard. Ils s'y colleraient, ils sont braves. Il leur tomberait sur le râble un morceau de conquête du monde dans un mode à eux-mêmes totalement étranger, ils s'appliqueraient à le déchiffrer, ils en trouveraient les recettes. Il leur en resterait quoi : peut-être le Quichotte, oui, et tout le reste comme un immense commentaire. Je parle trop, je parle : mais vas-y, énonce-les, les livres qui, même sur le plus minuscule fragment, ont changé la recette de la littérature et du monde... »

Un de nos critiques français bien connus, délégué par son journal pour l'article de service sur l'état du livre dans l'autre continent, venait à son tour d'être servi dans le sac papier marron du Tim Hortons, il m'a fait un petit signe d'encouragement sans s'approcher, pour ma garderie du vieux.

« Griserie de ces moments où un livre attrape tout, les rêves de la nuit, les insomnies qu'il provoque, ce qui t'arrive dans la journée et même ce type qui va venir te parler, là, sans que tu aies rien demandé. On marche dans une ville inconnue, et ce qu'on voit répond au livre, l'intègre. C'est là qu'on est sans défense. Un qui se laisse avoir par cette idée du livre total, du livre miroir, il tombe. On a toujours le livre, et peut-être même qu'il se vend aussi bien que ceux qui nous entourent, mais l'auteur : fini, absorbé par son propre livre. »

On avait pu récupérer deux tabourets. À la caisse d'autres comme nous repartaient, ayant enfourné dans un sac papier marron les doubles gobelets sans couvercle de café ou de thé, les emportant qui vers la patinoire, qui vers la gare, qui vers les galeries du Bonaventure, puisqu'il était avéré maintenant que les huit cents évacués l'avaient été vers trois directions de repli, et qu'avec la patinoire nous n'avions pas touché, pour ce qui nous concernait, le pire des trois lots.

« Tu te souviens comme moi des grandes scènes du *Voyage* », continuait le grand écrivain en pyjama, parti le matin même recevoir le diplôme *honoris causa* d'une des universités d'ici...

Et de faire la remarque, qui ne s'appliquait peut-être pas à tous ses livres, que la première qualité d'un écrivain c'était ces images qui ensuite restaient indélébiles, bien au-delà la lecture...

« On suit Bardamu ou le rictus du vieux Louis-Ferdinand Destouches, dit Céline (encore qu'il n'était pas vieux alors, à peine la quarantaine – on plaque toujours sur nous, auteurs, le visage de l'homme au bout de son parcours. Rimbaud jeune à jamais parce que rien après la photographie de Carjat : Rimbaud échappe à la photographie de Marseille. À peine la silhouette un peu floue et épaissie de l'unijambiste, qui voudrait pour légende du poète aux semelles de vent, du marcheur, un commerçant retour d'Afrique, homosexuel invétéré léguant la moitié de sa fortune – trois mille francs-or de l'époque – à son petit ami noir, et la gangrène lui remontant dans les cuisses ? Ah tu trouves que j'exagère...). On a tous lu et relu le *Voyage au bout de la nuit*, on s'est engagé dans Mort à crédit et la déconfiture du voyageur en ballon – on n'a pas assez commenté la figure de ce type qui s'exhibe avec ballon ascensionnel dans un monde où plus personne ne s'intéresse à ce qui n'est définitivement plus une prouesse, et comme ils le rafistolent, pourtant, leur ballon. Quelques courageux s'en iront suivre la trilogie de la fin : *Nord*, certainement, un livre encore plus au sommet que le *Voyage*, j'en suis sûr désormais, un livre du sommet, l'accomplissement – et là qu'importe qu'on soit ce vieux grognard vivant reclus et ironique, promenant ses chiens la nuit tombée, et vivant non pas des revenus de ses livres, mais des cours de danse qu'assure aux filles de bonne famille sa compagne Lucette, Céline comme un évacué permanent, non, veston sur le pyjama comme une fin de vie qui aurait tellement trop duré ? Et *Guignol's band* qui n'est rien que ceci, ce que nous-mêmes vivons ici ce soir, ces gens sous les bombes et qui fuient – toi tu as lu *Guignol's band* ? »

Des policiers traversaient le Tim Hortons, nous regardant comme d'étranges oiseaux, vieux et mal plumés, posés où on ne les attendait pas.

« Les grandes catastrophes ne font pas de bons livres, la littérature est une tâche pour l'histoire humble, et pas trop d'une vie pour avoir ici assez de force. »

Il était peu après 4 h 30 ce matin-là, et je me disais que pour ses soixante-seize ans et quelques (je ne me souvenais plus bien), mon vieil ami ne tenait pas si mal le coup. Son visage cependant blême, autour des yeux cette couleur mâchée.

« Et nous n'aurions pas l'air vaguement ridicule ? », dit le bonhomme, réajustant sa veste de costume sur son pyjama qui débordait. Je lui avais fait remarquer qu'il n'avait pas pris de cartable, il n'avait donc pas un manuscrit en cours, des mots à sauver ? De l'air qu'il m'a regardé, j'ai compris : est-ce que ça pouvait avoir de l'importance, pour lui ? Il m'embêtait avec ses histoires comme quoi jamais il ne se présenterait à l'Académie française, que d'aucuns le lui avaient pourtant suggéré. « Belle plume dans le cul », il avait fini.

« Ridicule quoi, ridicule qui, j'ai dit : nous-mêmes ? »

Il a marqué un temps. On avait fini nos cafés depuis longtemps.

« Comme les mômes écrivent *ta race*, a-t-il repris, il y a ça sur un mur en face, quand je sors de chez moi à Denfert, écrit en gros, surgi là une nuit : *ta race*, et rien d'autre – constat, menace, insulte ? Oui, ça nous concernerait tous. En tant qu'espèce, là, tout simplement. Et dormir sur un carrelage, dans une des plus belles capitales. »

8.

La ville

Qu'elles étaient étranges, le soir venu, ces rues sous les buildings : il fallait aller loin, pour que la ville redevienne vivante. Un hall éclairé parfois donnait sur un hall brillant où attendait un vigile. Une autre fois, dans une passerelle vitrée qui surplombait haut la rue, j'avais aperçu une silhouette solitaire, qui semblait attendre (qu'y avait-il à regarder, dans cette rue à sens unique où je me hâtais ?). Un restaurant plutôt haut de gamme, où nous étions entrés la veille au soir parce que décidément rien d'autre, nous avait renvoyés dehors parce que pas de place, bondé quand rien pourtant ne l'indiquait. Un peu plus loin, dans un semi-étage en pignon sur la rue en pente, un établissement tenu par trois jeunes femmes russes : celle qui ne parlait pas du tout ni notre langue ni l'anglais de service était allée chercher sa collègue, la patronne, tandis qu'une troisième, aux fourneaux à l'arrière, avait montré sa tête et elles avaient échangé dans leur langue – normalement c'était fermé, elles accueillaient une fête étudiante, mais là dans l'entrée on pouvait s'installer si on voulait, et aller se servir au buffet. C'étaient des spécialités de chez eux, la bière était correcte, et on avait payé une somme dérisoire : allez comprendre, la ville.

L'avant-veille nous avions atterri presque au bord de la nuit. La voiture qui était venue nous chercher avait longé une autoroute bordée d'entrepôts et de chantiers, de grands panneaux publicitaires, tout cela s'étalant au large comme dans nos vieux pays il n'aurait pas été permis. La lumière était insuffisante pour ce que j'appelle *documenter* (ces mini-appareils photo numériques permettent, même ainsi depuis une vitre de voiture, d'accumuler une bonne centaine de clichés, qui serviront ensuite au travail, mais je n'ai pas osé : pour cela il faut être seul). Et puis, rocade et tunnel franchis, à peine aperçue cette élévation de buildings surgissant brusquement comme une île dans le damier de la ville, qu'on bifurquait sur la rampe de béton : on était au Hilton.

Je n'aime pas trop (n'ai jamais aimé) les guides, les recommandations, les promenades organisées d'avance, les choses à voir parce qu'elles doivent être vues. Je me procure une carte globale de la ville (je les garde, j'en ai une pleine caisse, usées), et ça suffit. De toute façon, pour ce séjour, on aurait bien peu de temps – et novembre ce n'était pas une période pour le tourisme. Écrire sur la ville ? En ce moment, je pensais, trop d'inquiétude, trop de doutes. Mon travail, c'était ce que j'accumulais dans mon ordinateur, cette conférence sur le numérique à préparer, les tables rondes auxquelles je participerais dans ce Salon du livre, et non pas – je le regrettais – d'aller à l'aventure des rues, des quartiers (et comment se douter que le Hilton se chargerait de nous l'imposer, par ces coulisses brutalement découvertes au cours de ces quatre heures de l'évacuation, avec arrêt au Tim Hortons).

Je la connaissais déjà un peu, la grande ville en damier, qui n'avait pu domestiquer les boucles d'eau qu'on apercevait depuis l'avion, brillantes, et cette seule élévation en son centre, que rehaussaient encore les buildings, de loin perçus comme agressifs, solitaires, phares sur la grande étendue comme déserte où, sur ce continent, les villes s'étaient implantées, soigneusement à distance les unes des autres (bien plus tard, encore, je le vérifierais dans ces nuits d'autocar, autoroutes indifférentes dans la nuit, bordées de neige, et rien pour se distraire que ces longs camions qu'on double).

Pour appréhender une ville, il faut en savoir la structure. On la découvre en piéton maladroit, hésitant lorsqu'il s'agit des lignes et directions du métro, de monter dans un autobus et de comment prendre son billet, ou bien, au débouché des avenues ou des parcs, se trompant souvent, prenant des directions où rien de neuf ne s'offrira à vous sur un kilomètre. On souhaiterait disposer d'une de ces voitures silencieuses et grises, s'en aller de l'autre côté du pont aperçu mais inatteignable, ou traverser ces quartiers au nord jusqu'à examiner ce qu'il y a après la ville, comprendre où elle cesse : ces zones limitrophes et leur désordre en disent tellement plus, pour qu'on brise l'impalpable coquille de notre statut de visiteur, marcheur provisoire, séparé de ce qu'il voit.

Cela commence quand, connaître une ville ? Faut-il y habiter, s'y installer, ou simplement basculer pour quatre heures dans le totalement imprévisible, comme justement cette nuit de l'incendie du Hilton, dans ce quartier hostile, façades vitrées enfermant assurances et banques, administrations et grandes compagnies, et des hôtels au public infiniment restreint ?

On ne prend pas directement possession de l'image d'une ville. Il peut arriver qu'on s'émerveille d'abord de ces grandes implantations humaines à l'atterrissage : on perçoit les éléments naturels, on devine les grandes masses, et l'irrigation des autoroutes ou voies ferrées, et si la ville enjambe un fleuve, borde un lac (Chicago) ou se trouve si étrangement coincée entre la montagne et la côte (Tokyo). J'ai de belles photos de New York, ainsi, vue d'en haut, avec Manhattan une île parmi les autres, opaque lambeau strié dont on devine le relief dur.

Et cette grande boucle du fleuve, ici, comment n'aurait-elle pas servi d'implantation à ceux qui le remontaient depuis l'embouchure ? En aval, le fleuve devenait sauvage, avait ses premiers rapides. Il y a un siècle ou un peu plus, un canal contournait l'obstacle, le port augmentait encore. La vieille ville, devenue plaque d'échange, en étalait les marques successives sur sa pente en surplomb : on contemplait encore la lancée des vieux toits, les tuiles colorées de l'ancienne bourse de commerce. Et puis, progressivement, la ville s'éloignait du fleuve. Les artères se faisaient droites, les quartiers périphériques étaient certainement désormais les plus vivants. À mesure qu'on voulait signifier être ici une capitale, on remplaçait les bâtiments du vieux centre par ces buildings à l'image du grand voisin. Les maisons hauturières des riches du siècle dernier, avec perrons et salons, et ces belles fenêtres en hauteur, s'endormaient progressivement sur des rues donnant droit sur ces étendues qu'on avait plaisir à photographier, mêlant dans le même cadre les bretelles d'autoroute et les ponts, les fenêtres murées d'entrepôts de briques rouges, sur quoi venait affleurer brutalement la falaise des quartiers neufs.

Et dans ces rues qui se voulaient de même prestige affiché que les grandes métropoles de l'autre côté de la frontière, on retrouvait l'histoire quantifiée des audaces successives de la pierre, du béton et du verre, silhouettes étroites et élancées des années vingt, marches lourdaudes et grises des années cinquante, et puis l'étalage de lumière et de luxe par quoi sans doute on avait voulu fêter la bascule du siècle : la finance et les assurances, leurs façades bleues à damiers jouant aux miroirs se reflétant eux-mêmes – et dedans quoi, des ordinateurs ?

La ville reprenait sans transition un peu plus haut,

quelques « blocs » de maisons basses déglinguées et en attente de démolition arboraient des enseignes chinoises, et déjà une ronde de six ou sept grues géantes remaniaient des échappées urbaines neuves depuis cette esplanade qui semblait ignorer tout le reste de la ville, où un musée neuf et un opéra justifiaient le nom de *place des Arts*, symbole probablement à leurs yeux nécessaire au visage futuriste et moderne à quoi prétendait la métropole. Et moi je photographiais cette maison dont un mur entier restait décortiqué, laissant s'ouvrir sur le vide de vieux couloirs et cuisines à papier peint coloré, tandis que des silhouettes casquées orange guidaient la lourde boule à détruire de trois pelleteuses.

Cela n'empêchait pas d'autres quartiers, des rues animées, les grandes universités avec leurs cafétérias, leurs cités et leurs boutiques, comme je savais sur les routes qui s'éloignaient ces damiers réguliers de vastes maisons de bois et d'accumulations d'appartements (*condos*) en étage : tout ce qui fait, en quelques points précis du monde, ce tissu d'étranges points lumineux et de circulation incessante des grandes métropoles qui ont plus d'affinité à l'intérieur de leur caste particulière qu'elles en ont avec ce qui les entoure à vingt kilomètres. Villes d'exil et d'immigration, villes de toutes les raisons accumulées d'y rester quand bien même on est arrivé là par hasard.

Et maintenant, sous les buildings aux façades de verre bleu, ou aux ouvertures carrées de pierre laissant encore quelques vitres éclairées, nous attendions dans la nuit, sous le reflet rouge des gyrophares, les ombres bleu sombre des véhicules de police, tandis que ces immenses parois verticales semblaient vouloir nous écraser tous, comme un puits dont nous arpenterions, minuscules, le fond râpeux et froid, cherchant aux murs les éventuelles aspérités qui nous permettraient d'échapper, et finalement revenant, au carrefour, à cette porte vitrée éclairée blanc, où donnait le bas d'un escalator mince, lui-même donnant dans la vaste patinoire à l'étage, cette patinoire déserte sous ses voûtes, où nous attendions la fin de l'incendie.

9.

Dreux, le Bridge

« Lucas, Jimmy, Antony, Sophie, Marc, Omar, Marie, Lionel, Thibaut, Christian, Yannick, Gérard, Aymeric... »

La semaine précédente c'était Dreux, et au Bridge, un hôtel aussi. Il n'y a pas de Hilton à Dreux, ni de buildings, juste des suites infinies d'immeubles bas, ou pavillons extensibles à l'infini sur la Beauce toute plate : loyers bien moins chers qu'à Paris, une heure de train sans les retards, et ça permet d'avoir moins d'ouvriers dans la périphérie.

Sur ces bords de villes, grandes ou petites, où ces ronds-points sont invariablement équipés d'un hypermarché et d'un établissement de restauration rapide, prolifèrent les enseignes d'un nombre très limité mais partout répété d'hôtels. Donc, entre Ibis, Formule 1, Kyriad, Campanile et les autres, ce Bridge, et probablement qu'une des enseignes (si le groupe Accor ne les a pas toutes avalées) est l'outil par quoi le groupe Hilton vient jusqu'à Dreux ramasser quelques sous.

On s'y gare directement en voiture, les chambres sont en face, au rez-de-chaussée et à l'étage d'un bâtiment où un balcon permet l'accès extérieur (on peut arriver la nuit, louer sa chambre via un automate à carte bleue, sans intervention humaine). L'invariable bâtiment principal, ouvrant directement sur le parking, propose deux salles de réunion équipées plus le restaurant qui, à midi, se remplira des habituels nomades du travail salarié, représentants ou fournisseurs tenant à soigner, mais luxueusement on ne pourrait pas, leurs clients des zones industrielles sans gloire.

Pour ces stages de récupération de points du permis de conduire, on peut choisir la date ou le lieu, mais pas les deux. Je n'avais pas beaucoup de possibilités pour les dates, on m'a expédié à Dreux. Je n'y étais jamais venu auparavant, ce n'est pas indifférence ou mépris (il y a, tout près, Illiers-Combray), mais simplement que l'occasion ne s'était pas offerte. Dreux est probablement, comme les autres villes de cette taille, équipée d'une bibliothèque, d'une librairie et d'un théâtre, mais on ne m'y avait jamais sollicité.

Je n'étais pas enchanté de venir. On paye cher (248 euros, sans compter ce que vous a coûté d'amende chaque point retiré), c'était deux jours de perdus pour le travail, et rester assis à une table de 8 h 30 à 17 h 30 («On ne vous demande rien d'autre»), aux bons soins d'un psychologue et d'un spécialiste de la dynamique de groupe, rien d'enchanteur dans la perspective. Seulement voilà, en province on a besoin de sa voiture, il ne me restait plus que trois points sur mon permis de conduire, ces deux jours me remettraient à flot.

« ... sensibilisation aux causes et conséquences de l'insécurité routière, et il n'y a pas de sujet tabou... deux jours pour réfléchir sur notre comportement dans un cadre légal... »

C'est ce mot comportement, d'ailleurs, qui m'inquiétait. « Vous n'êtes pas des voyous, des délinquants, vous êtes des conducteurs avec une méconnaissance du risque... »

Dès la première heure, repéré celui du groupe qui monterait régulièrement à l'assaut des animateurs, et deux autres, un dans le registre rigolard, l'autre dans le registre coléreux, qui faisaient les chœurs. Je m'étais promis de ne surtout pas me mettre en avant, les vieux réflexes syndicalistes d'il y a trente ans remisés. Pour rester calme et patient, j'avais pensé, je m'efforcerais de tout prendre en note : on n'allait pas me l'interdire. Dans mon cartable, j'avais un bloc Rhodia tout neuf.

Au premier tour de table, l'évidence s'imposa : on était tous là par erreur. Moi-même, mon premier radar, c'était avec une fourgonnette peineuse du Centre dramatique national de Nancy, du temps des repérages à Fameck pour *Daewoo*, la rocade de Metz à 110 alors que c'était limité à 90, j'avais vu le flash trop tard, je n'avais jamais vu encore les grosses bornes grises des radars routiers. Une autre fois peu après au sortir du tunnel de la rocade de Saint-Étienne limité à 70 et j'étais à 90, une troisième fois sortie de Paris vers les Ulis, une sorte de piège dans un virage qui devait rapporter pas mal à l'État. Enfin, la fois de trop : un soir, retour d'un petit festival où j'avais lu avec un ami musicien, sur la portion toute droite de route à trois voies se raccordant à l'autoroute, un radar mobile placé avant le rond-point – stopper la camionnette, souffler dans le ballon (heureusement, dans ces lectures, c'est plutôt à l'eau minérale qu'on compense la transpiration). Voilà mes fautes, mes très grandes fautes.

C'est ça qui les énervait, mes collègues de stage : « Lequel d'entre nous est là parce qu'il a causé un accident ? »

Mais en fin du tour de table, on a compris que chacun des groupes que prenaient en charge nos deux animateurs, deux fois par semaine, et toute l'année, se proclamaient eux aussi, systématiquement, convoqués par erreur, et que c'était précisément la première partie d'un parcours pour eux en grande partie prévisible. Sa réponse, on a bien compris qu'il la servait à chaque début de stage :

« Je peux juste vous dire qu'aucun de ceux qui sont là n'a subi d'accident mortel. »

Il faut trois ans sans (se faire attraper en) excès de vitesse pour que soit effacée l'ardoise. Je n'avais plus que deux mois à tenir, je revenais un samedi soir de Saint-Léonard-de-Noblat, librairie des Écoles. Reparti au soleil couchant, je m'étais arrêté à ce beau cimetière en surplomb, et j'avais cherché longtemps la tombe de Gilles Deleuze (les deux personnes auprès de qui je m'étais renseigné quant à son emplacement voulaient à tout prix que je veuille saluer Raymond Poulidor, mais Gilles Deleuze qui, pourtant, figure toujours à l'annuaire téléphonique de la petite ville, personne ne connaissait). Puis deux heures continues d'autoroute de Limoges à Châteauroux, où j'avais soigneusement respecté les 130, et sur la quatre-voies de raccordement à Tours où je roulais à 110, pas vu le panneau 90, flash. Me revenait cher, le voyage pour honorer l'ami libraire. Mes collègues du stage m'ont prodigué des combines rétrospectives : trouver dans son entourage quelqu'un qui déclare avoir conduit à ce moment-là, et prenne les deux points de retrait, la belle-mère en général – mais personne parmi mes proches susceptible de me rendre ce service. Ou bien, selon un autre, faire le chèque en mettant une somme un peu supérieure, genre 125 euros au lieu de 120 pour l'amende, « comme par distraction, tu vois » : ça passe au contentieux, le temps qu'ils règlent le dossier tu as retrouvé tes points. « Ça ne marche plus comme ça, a dit le comportementaliste, vous êtes trop nombreux à avoir tenté la combine. »

On a compris au bout de deux heures qu'on était déjà entrés dans la manipulation contrôlée (pour notre bien, évidemment) : chaque stage, nous ont-ils fait comprendre, commençait par écluser le grand défouloir, et sur mon bloc Rhodia j'avais déjà engrangé quelques perles («J'ai pris un sens interdit, c'était à cause de mon alcoolémie et comme je les ai engueulés, j'ai pris dix points... »). Ou les animateurs carrément pris à partie : « À part créer des emplois, ces stages, ça sert à quoi ? » Omar, qui travaillait dans le vêtement, venait de lancer sa provoc, lui qui avait garé bien visible devant la fenêtre de la salle, juste en face de lui, sa Range Rover rutilante : tout fier de nous expliquer qu'en adhérant pour 60 euros à l'Automobile Club de France, c'est l'association qui prenait en charge les frais de la remise à niveau (je repasse le tuyau). Dans ce début de stage, et c'était leur stratégie pour qu'on accepte de parler, les animateurs se plaçaient résolument de notre côté, nous racontant même leurs propres infractions, et qu'ils ne servaient pas la même sauce deux fois par semaine toute l'année à des groupes à la fois différents et pareils : « Je ne me fais pas forcément prendre pour les infractions que je commets le plus souvent... », nous dit sur un ton de confidence le comportementaliste : c'était à la fois nous mettre dans leur poche et tailler leur plan de route.

Parce qu'ensuite, confession un par un, et en commençant de préférence par ceux qui s'étaient fait repérer et avaient un peu trop sorti la tête dans la phase initiale. C'est là qu'ils ont commencé à me faire des remarques sur le fait que je recopiais ce que disaient mes camarades. À chacun, on demandait de faire le bilan public des infractions ayant motivé le retrait des points, puis de se décrire comme conducteur, habitudes et défauts («Vous aimez la vitesse, hein?»), et ils embrayaient invariablement sur une question a priori hors de leur compétence : « Qu'est-ce qui vous fait peur ? » Quand mon tour était venu, je n'avais pas pu m'empêcher de faire le malin, oubliant ma promesse intérieure : « Mais pourquoi vous posez cette question ? »

Cependant ensuite jouant le jeu, déballant quelques souvenirs d'enfance concernant des accidents avec des morts, et comment nous on récupérait ensuite la voiture au garage – nous qui roulions en « véhicule de démonstration » de préférence avec quelques chevaux en plus, technique de vente Citroën oblige.

Dans la salle de conférences du Bridge, équipée d'un tableau papier et d'un vidéo-projecteur pour les séquences chocs, on nous montrait maintenant quelques scènes censées nous dégoûter à jamais de l'ivresse des crissements de pneus. On rajeunissait en se retrouvant comme à l'école, les dix-huit assis et les deux debout, parce que ça devait faire aussi partie de leurs consignes. Une main se levait : « Oui, Aymeric ? (on avait chacun écrit notre prénom en gros sur une feuille pliée devant nous)... – Je peux aller aux toilettes ? » Les descriptions spatiales d'itinéraires ou de repérages m'intéressaient au premier chef, je les relevais scrupuleusement : « Je ne sais pas si vous connaissez Évreux, il y a un rond-point devant Cora... » Les rapports avec les gendarmes : « Je sais pas pourquoi je les attire... » Le suivant, à propos des forces de l'ordre aussi : « C'est des êtres humains comme nous. » L'utilisation et la place des adverbes : « J'oublie quasiment jamais la ceinture. » L'appréciation politique de la communauté : « En France, on se dit un pays libre et on n'a pas le droit de faire ce qu'on veut partout. »

Commençaient, à la rubrique accidents, des comptes rendus plus détaillés : « On m'a renversé à Mobylette à un *Cédez le passage*, c'était un gendarme en plus. Je suis passé à un mètre du poteau en béton. Les gendarmes c'étaient ses potes, ils l'ont pas fait souffler dans le ballon. "Mets le point d'impact où tu veux." Moi j'étais allongé dans le champ. J'ai porté plainte, j'ai gagné. »

Un jeune artisan antillais, à son compte depuis deux ans dans ce qu'il nommait la *domotique*, avait pour richesse sa camionnette, il téléphonait et prenait ses rendez-vous en conduisant d'un chantier à un autre : « Si je le fais pas, je plonge... » La dernière fois : « Ils ont sauté de leur bagnole comme si je venais de faire la banque du coin, je croyais même pas que c'était moi. Ils m'ont sorti de la bagnole, j'étais vert : – Vous reconnaissez votre infraction ? »

On continuait les confessions, ici avec une juxtaposition du singulier et du pluriel dont je n'aurais pas eu l'idée seul : « Ils m'avaient arrêté, il me dit : – Vous voyez bien que ça commence à pleuvoir, la vitesse c'est 110 et pas 130, et comme ils m'avaient pris à 147 il me dit : – Ça fait 37 et 3 points. » Ou : « Le problème, c'est que je suis toujours au téléphone et je suis tête en l'air. En plus que tout ce qui est flash j'y ai droit. Je passe quarante fois par jour devant, et ça fait trois fois que je me fais avoir au même endroit. » À suivre : « C'est un stop où on ne voit rien, je m'avance de cinquante centimètres, et là c'est eux que je vois, ils rigolaient. »

Un autre, artisan indépendant lui aussi : « Je veux une palette de parpaings, j'appelle le gars de Point P, tu ne fermes pas j'arrive dans deux minutes et j'ai ma palette de parpaings. »

Un qui aimait trop sa moto : « On peut pas rouler à 90, sinon elle cale. » Une autre, caissière à l'hypermarché Aldi tout voisin, était petite : « La ceinture ça me gêne. Alors je la mets sous mon bras mais je ne la clipse pas. Le problème c'est qu'ils me connaissent. La troisième fois qu'il m'a prise, il m'a dit : – Je vous avais prévenue... » Et de préciser que la distraction c'est pas son genre : « Vous connaissez le *principe Aldi*, Coca Cola 42, Fanta 44 : neuf cents produits à trois chiffres, je les connais par cœur. »

Quand on s'était présentés, il fallait inclure sa profession, j'avais dit enseignant... « Vous enseignez quoi ? – La littérature. » Je n'ai jamais enseigné, mais ça restait compatible avec la situation de groupe, et la tronche que je trimbale. Même comme ça, à la pause de midi, il a fallu argumenter : « Mais il y a un écrivain connu, qui s'appelle comme vous ? » J'avais détourné en disant que je me connaissais sept homonymes, que ça nous posait parfois des problèmes, mais il avait insisté : « Si vous enseignez la littérature, vous devez voir qui c'est, cet écrivain, il est connu... » J'ai lâché du terrain, et dit qu'en effet j'avais écrit quelques bouquins. Alors, réponse cinglante : « Mais l'autre, il est connu ! » Ça me convenait.

Une jeune mère de famille était contrôleur au service technique des armées. Quand l'animateur lui a demandé de préciser, elle a refusé en prétextant son devoir de réserve. « Je fais 100 à 160 kilomètres par jour. » Arrivée à la rubrique accidents, elle a raconté une histoire de poids lourd qui déboîtait de son arrêt sans lumière, son compagnon était mort, elle éjectée. Mais le lendemain, elle donne une autre version : « une sortie de boîte à 7 h du mat » et qu'une glissière de sécurité heurtée les avait renvoyés sur un platane, « trois jours après, ils ont coupé les platanes, ça n'excuse pas la vitesse, ça n'excuse pas l'alcoolémie... ». Et que son compagnon était mort. J'ai cru qu'elle inventait, et j'ai aperçu du coin de l'œil que les deux comportementalistes avaient eu le même réflexe (et nous trois seulement) : « C'était un autre accident, c'était deux ans après », précisait déjà la jeune femme, mais sans s'attarder sur le parallèle. « J'avoue que c'est difficile pour moi d'être scrupuleuse. » Ou bien : « Il y a tous ces trucs qui vous traversent la tête, est-ce que je vais être à l'heure, et il y a les enfants. Avec un régulateur, je m'endors. J'ai acheté un avertisseur radar, mais voilà, ça ne marche pas à chaque fois. »

Cela débordait à l'occasion sur l'univers privé : « Je me suis fait arrêter pour 0,6 g, en plus je m'étais séparé de ma femme quinze jours avant, et comme j'avais déjà eu une ceinture, la séparation plus le permis ça fait beaucoup de choses c'est tout. »

Frédéric, boucher dans un établissement de gros : « C'était un feu orange, comme ça ne s'est pas bien passé au commissariat ils m'ont mis feu rouge, j'en avais marre, ça faisait 3 heures et demie j'ai dit oui : j'ai soufflé à 17 h 15, je suis sorti à 21 heures. J'ai 20 kilomètres pour aller au boulot, je fais 40 kilomètres par jour, le seul problème que j'ai c'est que je picole, c'est tout. J'ai vingt-six ans, j'ai eu dix-neuf accidents de voiture, c'est toujours l'alcool. J'aime la fête, les copains. J'ai une philosophie : je préfère vivre moins longtemps mais vivre bien. Comme je suis habitué à boire de l'alcool je ne m'en aperçois pas. J'ai eu de la chance, je n'ai jamais blessé personne. » Et une fois qu'il a eu raconté ça, il n'a plus rien dit jusqu'au dernier tour de table, puisqu'on clôturait par un bilan comme on avait ouvert par les confessions : « Oui, mais moi, mon problème, c'est pas la conduite, c'est l'alcool. » Les animateurs ont suggéré des thérapies : « On me l'a déjà dit, mais je veux pas, voilà. »

À midi ceux d'ici repartaient déjeuner chez eux, mais on a été une bonne moitié du groupe à rester au Bridge pour le repas, on passait juste de la salle de conférences à la salle symétrique de l'entrée. Et le comportementaliste était le seul à accompagner d'un verre de vin l'entrecôte plat du jour. Dans ces professions non plus, pas facile de trouver son chemin : on ne se recase pas par plaisir dans une spécialité de cet ordre (l'un des deux animateurs avait commencé comme médecin généraliste : quels déboires, alors, analogues à ceux qui se racontaient ici ?). Dans la salle, j'avais comme voisin un homme de soixante-dix ans, mais le plus bavard du groupe, interrompant à chaque occasion, et de préférence sur tout ce qui ne concernait pas la conduite, en nous tutoyant long comme le bras. Au déjeuner, les autres s'étaient débrouillés pour le laisser en bout de table. Résultat, comme j'étais sorti téléphoner, je me suis retrouvé à l'écouter sans possible échappatoire, une histoire invraisemblablement compliquée de déviation d'une départementale pour sa maison à construire.

Voilà, c'est ce que j'avais fait juste avant de prendre l'avion, et passer du Bridge de Dreux (quand on arrive depuis Chartres, prendre rocade nord, puis première sortie, passer devant la gare et vous repérez facilement, c'est à deux cents mètres) au Hilton au-dessus du Salon du livre. En fait, exactement la même chose : deux jours dans un hôtel sans sortir, avec conversations obligées.

« Vous en ferez quoi, de vos notes ? », m'avait dit le comportementaliste, et revenu là-dessus devant les autres, pour augmenter l'effet de dissuasion : « Notre ami, qui prend tout en note... » En attendant, j'avais préparé le plan de ma conférence sur le numérique, qui me fichait suffisamment la trouille, j'intercalais ça dans les pages du bloc Rhodia, mêlé à ces expressions qui n'étaient pas dans mon registre habituel : zone d'incertitude, visions intermittentes, cécité cognitive et limite humaine psychique, « j'évalue mon niveau de risque et je le contrôle en permanence ».

Et c'est à cela aussi qu'ils servent, les hôtels, le Bridge comme le Hilton.

10.

La patinoire

La cafétéria de la patinoire était prévue pour accueillir les supporters ou la foule des matches de hockey, mais cette nuit-là quand on est entré : personne.

Pour nous qui venions d'autres latitudes (la latitude n'était pas bien différente de celle de nos villes, mais le climat, si), et aménagions plutôt nos patinoires (pour ce que j'en sais, les fréquentant peu) dans des bâtiments cubiques, de préférence en bord de ville, quelle étrangeté que cette gigantesque coupole ovale, elle-même en surplomb sur un ensemble de bureaux troué d'une galerie commerciale exhibant dans ses vitrines des mannequins mieux habillés que nous l'étions, et parfaitement indifférents à nos aventures – tout cela construit pour ne laisser en son centre que cet immense ovale lisse et vide ?

On a repéré une banquette entourant un pilier de béton carrelé de vert clair, avec l'inconvénient de la forme ronde, mais l'avantage d'un peu de largeur, alors que les autres (nous étions cent cinquante, à peu près ?)

s'assuraient d'une de ces chaises métal et plastique appuyées contre les tables à dessus de verre. Le jeune couple qui avait pris possession avec nous de la banquette, de l'autre côté du pilier, avait avec lui un caniche, qui passait des genoux de monsieur au ventre de madame, et qu'ils avaient habillé d'une de ces grenouillères pour nouveau-nés, à moins que l'industrie de leur continent moderne n'ait poussé le chic (et la consommation) jusqu'à les concevoir aussi pour les chiens.

Si nous-mêmes nous n'avions pas emporté de livres, des quelques-uns pris pour l'avion et l'hôtel, lesquels auraient convenu à la situation, et ouvert suffisamment pour nous accueillir en telle situation de fatigue et d'attente : de la poésie, un récit de voyage, un roman policier ou un utilitaire ? Nous aurions dû négocier, lors de l'évacuation, un passage par le sous-sol avec le Salon du livre : oui, pour lire dans une telle attente vide, plutôt un de ces livres qu'on peut dérouler à l'infini et oublier vite – il n'en manque pas (« des livres comme des robinets d'eau tiède », dirait plus tard mon vieil écrivain).

Et ce jeune couple à chien, s'ils avaient pris le temps d'habiller le chien, ç'avait plutôt été monsieur, puisque la jeune femme avait eu le réflexe de prendre un livre et lui pas – ce réflexe qui tendait à s'amenuiser, maintenant que dans les trains on voyait bien plus de gens à l'ordinateur que derrière un livre, ou dans le métro jouant de leur téléphone ou lisant ces journaux gratuits à jeter quand on descend – , et parce que nous, nous gardions cette vieille habitude de déchiffrer n'importe quel titre de livre pourvu que quelqu'un dans votre champ visuel y soit absorbé, même si souvent, sous sa couverture souple illustrée, un nom d'auteur gros comme s'il s'agissait d'une marque de tee-shirts, juste un de ces pavés à suspense traduits de l'américain : les livres ne résonnent pas forcément à rebours sur la réalité qu'on traverse. Je crois que moi je n'aurais pas réussi à lire : on se referme sur une quantité limitée d'auteurs qu'on va plutôt relire à l'infini, et c'est ce processus par lequel on reconnaît vaguement ce qu'on relit qui vous ouvre d'autres reflets plus loin. C'est avec eux, les livres lus toutes ces années, que je vis plus ou moins intérieurement, à ruminer sans rien faire : un droit aussi ? Et pour cela que cette nuit-là, plutôt qu'attendre, j'avais passé ce temps à traînailler, et fait mes deux voyages au Tim Hortons.

Pour l'instant, on s'inquiétait surtout de manquer une information qui serait dite là-bas, à l'entrée, loin de notre banquette, sur ce qui se passait à cent cinquante mètres d'ici, où nous apercevions de notre place, sur la baie vitrée en enfilade comme d'une nouvelle enseigne publicitaire pour catastrophe en couleur, les éclats violets mêlés à l'orange des gyrophares. Il ne se passait rien. Les deux vigiles qui nous avaient accueillis en bas à l'escalator et guidés ici, deux types très jeunes, dont il s'avérerait, deux heures plus tard, en parlant, que l'un d'eux était père d'un bébé de trois jours, écoutaient ce qui grésillait à intervalles réguliers dans leurs talkies-walkies mais n'en savaient pas plus que nous. Du Hilton, personne : étaient-ils prévenus que leur établissement brûlait ?

On se répartissait comme on pouvait, à distance, et dans ces premiers quarts d'heure en veillant à ne pas se rendormir : on n'allait pas rester comme ça des heures, pas jusqu'au matin ? C'est eux qui nous relogeraient, ils avaient forcément des assurances ? Les compagnies aériennes ont l'habitude de ces situations : des autobus viendraient nous prendre, on nous distribuerait un repas froid, on nous proposerait des habits de rechange et des affaires de toilette, on aurait une chambre, même loin en périphérie et dans un lieu dont on ne saurait jamais, une fois repartis, où il pouvait bien se situer dans l'étendue anonyme de la ville ? On observe, on examine comment les autres prennent ce qui nous arrive à tous ensemble. On guette ce que se disent les vigiles quand à nouveau leur talkie-walkie laisse passer le son criard d'un dialogue lointain, mais ils gardent ça pour eux, sans rien nous dire.

À force, cette première heure, j'avais dû somnoler comme les autres. L'évacuation, la descente en groupe serré, qu'on contraignait à se précipiter, dans les quinze étages de l'escalier étroit et qui n'en finissait pas d'angle à droite puis angle à droite, l'attente en bas sur le trottoir en plein vent, puis convoyés vers ce carrefour, enfin la surprise de ce lieu hors de proportion, un intérieur à dimensions d'extérieur, et puis le début de cette attente sans aucune information, ne pas oser se lever, s'éloigner, quitter le groupe.

Maintenant, on savait que cela allait durer. On avait comme les autres repéré les toilettes, dans l'entrée principale de la patinoire, elles aussi disproportionnées, j'avais pensé en m'y rendant à mon tour. Des batteries de projecteurs, de gigantesques haut-parleurs : tout ici était spectacle. Dans une salle vitrée, qui dépendait de la cafétéria mais qui en était séparée, probablement pour des repas de groupes, et sans banquette molletonnée, j'ai repéré le chapeau de feutre du récent prix Goncourt, mais bon, on attendrait le lendemain soir pour en plaisanter, en se croisant : « Ta nuit a été bonne ? » Tout serait fini, à ce moment-là, sauf les banalités d'usage qu'on pouvait mettre en partage : « Tu crois qu'ils nous offriront à nouveau la ballade ? On peut le dévisser, leur haut-parleur, avant de dormir ? »

On repense à toutes ces fois : l'aéroport de Calcutta, revenant du Népal, mai 1979, plus un sou, avion loupé, vingt heures avant le suivant, ou, il n'y a pas si longtemps, ce train supprimé en gare de Lyon La-Part-Dieu, revenant de Genève et devant repartir vers Tours, ou telle séance d'hôpital, le nom inscrit dans leurs dispositifs informatiques mais attendre que le numéro s'affiche et il ne s'affiche pas. En faire mentalement la liste, pour tenir : pas seulement les sérier, les répartir par analogies, catégories, mais à chacune assigner une occurrence précise, retrouver un détail qui n'ait appartenu qu'à cette situation et nulle autre, forme de la chaise ou du fauteuil, vue de la fenêtre ou la fenêtre elle-même, visage de la secrétaire à l'entrée, article lu dans tel magazine, café pris si c'est une gare ou un aéroport (sièges de plastique orange vissés sur cornière métallique tout au long des murs de la salle et selon rangées parallèles en son milieu et les courants d'air froid, ou la seule prise de courant disponible accaparée par un môme sur sa console de jeux et toi tu n'auras pas de batterie pour travailler dans le train). Elles revenaient, les salles de médecins, dentistes, orthophonistes pour tel des gamins, table basse avec magazines défraîchis et auxquels sinon on ne jetterait pas un œil. Peintures claires homogènes, chaises normalisées avec cales pour ne pas heurter le mur, images parfois : les voyages en Afrique ou en Asie ou le bateau que s'offre le praticien aux vacances, ou ces choses mi-abstraites ou bien reconnues d'avance – Doisneau et Kandinsky reproduits en série : catégorie spéciale de décoration pour salle d'attente ?

Un carnet et la noter, la liste, ou bien ouvrir l'ordinateur et se lancer ? On se dit que voir le texte dans sa tête peut suffire, qu'il sera toujours temps de reprendre (ce qui n'est pas vrai, on ne s'y remettra pas, et ce ne serait pas dans cette force du premier jet). Passer à la liste suivante : reprendre les occurrences, les évaluer en heures, faire le total. Ajouter les temps de voyage en train et voiture, ou pas ? Combien de temps chacun passe dans sa vie à ne rien faire qu'attendre ? Et quand on attend chez soi, qu'on laisse passer un après-midi à rien, qu'à se laisser aller sur canapé sous prétexte d'un vague bouquin, de la musique sur l'ordinateur mise trop fort mais qu'on n'écoute même pas et qu'on se dit qu'on en a marre, à quoi bon, ou bien tout d'un coup si longtemps à cette table de cuisine devant la tasse de café vide, au regard des pensées vides qui défilent, ça compte dans la liste ?

L'insomnie aussi, l'insomnie est une attente, on tolère qu'elle soit vide, qu'il faut simplement laisser venir le calme et ce n'est pas un exercice facile : jamais les impasses ni l'inquiétude ne paraissent si vives. Je n'aime pas, n'ai jamais aimé mes insomnies. Autrefois je me levais à n'importe quelle heure, vers 3 heures même, et au boulot : je n'en suis plus capable, j'attends 5 heures, et même avec le café bien du mal à m'y coller, à l'écran tout d'un coup vide, même si tel copain du Japon ou de l'autre bout du Canada vous fera signe (peut-être justement qu'on y arrivait mieux, la nuit, quand elle était l'absence ou l'impossibilité de tout signe).

Mais là, on attendait quoi ? Et ça durerait combien ? On n'avait même pas besoin d'avoir peur, c'était absurde. Il se passait quoi, en face ? Ce qu'on avait laissé derrière soi dans la chambre, on aurait la possibilité de le reprendre ? Et en quoi cette attente était-elle différente des autres attentes ? De sentir brutalement autour de soi la ville étrangère, l'autre côté du monde et qui probablement serait bien indifférent à qui, du Hilton, avait été contraint de suivre les corridors gris de la ville ? Ou parce que découpée ainsi brusquement dans votre sommeil, et vous-même placé – à cause de la patinoire – devant cet horizon vide : piste blanche et gelée qui n'était qu'un reflet sous la coupole immense, lieux qu'on reconnaît partout et sont partout au monde les mêmes, cette fois bloc de temps et l'impression sous-jacente qu'il valait mieux ne rien faire, rester là et ne rien dire, qu'au moins au bout, même si toujours personne du Hilton pour venir nous expliquer ou parler ou nous présenter leurs intentions, on serait inclus dans la prise en charge qui ne manquerait pas de se produire ?

Des corps pliés sur les tables, ou attendant le dos droit, rigide. Des couples qui tentaient, appuyés l'un sur l'autre, de vaincre la fatigue. D'autres corps simplement posés sur ces chaises à accoudoirs, les jambes sur une autre devant, et la tête à baller. La proportion de personnes seules dans les hôtels, parce qu'on ne vient pas là en touriste ou pour le loisir. D'autres qui avaient replié sur leur visage la capuche ou le manteau pour éviter la lumière fixe. Étrangement, les fenêtres autour de la salle, dans cette partie semi-circulaire de la grande rotonde, étaient grillagées. Un groupe de huit, à l'écart, qui s'entretenait par des blagues. Deux lecteurs. Une fille en manteau bleu, seule, écrivait.

C'était sûr maintenant qu'on en aurait pour long-temps. De toute façon, tant que les camions de pompiers étaient accumulés en bas de l'immeuble du Hilton. J'ai laissé les endormis, et marché jusqu'à la baie vitrée, dans cet angle où les gyrophares allumaient d'étranges variations. Un escalier descendait à la galerie qui, contrairement à l'étage patinoire, ne recevait pas d'autre lumière que ce qui venait de la ville, grand bassin sombre où le mélange irrégulier des gyrophares dessinait des reflets fluctuants, mouvants. Un groupe se tenait contre la porte. Je me suis dit que peut-être ils auraient des informations : mais ils regardaient, comme je le faisais avec eux. Et paradoxe, bien sûr, qu'il y ait si peu à voir : des hommes parfois sortaient de l'immeuble vers un des camions (dont un long fourgon à double essieu arrière, sans ouvertures, mais hérissé d'antennes dépliées et qui portait l'inscription « poste de commandement »), c'était à l'intérieur que tout se passait – avaient-ils la possibilité d'emprunter un des ascenseurs, probablement pas, puisque tout le bâtiment était maintenant dans le noir : ils s'en souviendraient dans leurs mollets, eux, les pompiers, de l'incendie du Hilton.

La galerie semblait une cathédrale : les magasins, endormis. Une agence de voyages, des marchands de mode, un coiffeur luxe. S'en vouloir, à dix semaines de distance, de ne pas en avoir fait le relevé (à ajouter aux choses à vérifier, lors de ce bref passage dans la ville, avant aboutissement de ce récit, maintenant que c'est programmé). Le carrelage au sol brillait dans la fausse nuit qu'entretenaient et coloraient les gyrophares, les façades des boutiques mesuraient bien deux étages de chez nous, les publicités se voulaient élégantes.

Les deux vigiles étaient dans le hall, en tenue de travail : chemise bleu marine et gilet sans manches, des instruments de défense (ou je ne sais quoi : clé pour le gaz, marteau casse-vitres ?) attachés à la ceinture, et leurs talkies-walkies à ce moment-là muets.

Toutes les autres nuits de l'année, que gardaient-ils d'autre, ici, que la patinoire vide, les magasins fermés, les empilements de chaises de la cafétéria pour les jours de grands matches ? Au bout des couloirs, au tournant des salles, des boîtiers que nous, sinon, on ne remarque pas, permettaient aux vigiles de cocher les itinéraires à respecter, prouver leur présence physique chaque deux heures à telle porte, en haut de tel ascenseur. Le plus jeune, plus corpulent, racontait à son collègue une suite d'arrangements matériels liés à la naissance de son enfant, trois jours plus tôt. Pas facile pour lui, disait-il, de basculer à nouveau dans la vie nocturne (ce serait pour quatre nuits successives, après quoi il aurait trois jours à nouveau disponibles pour le bébé : l'évacuation du Hilton n'était pas un événement considérable, en regard). Ces vitrines aux mannequins de mode immobiles, ces restaurants déserts, cette lisse cathédrale du commerce sous l'étendue blanche immaculée de la patinoire au repos, cela nécessitait-il le soin permanent de deux hommes ? Probablement oui, répondraient-ils, puisque leur présence ce soir nous valait un abri.

De l'autre côté du carrefour, en face de l'immense vitre par laquelle une dizaine d'évacués regardaient l'incendie du Hilton, un sans-abri traînait des baluchons et des cartons, les remontant progressivement vers la gare centrale.

11.

La gare centrale

Dans la journée, maintenant, le bruissement des pas, les croisements depuis les six directions ouvrant sur le grand rectangle du hall, les boutiques et les couloirs, les appels au haut-parleur pour les embarquements et les noms de villes qui résonnaient, les horaires défilant sur les panneaux, la déambulation plus lente de ceux, mal habillés ou l'air mité, qui sont dans les villes comme des prophètes oubliés. Et cette nuit-là, dans l'immensité vide de la gare centrale, ces silhouettes sans visage cherchant inconfortablement le sommeil, le froid généralisé, l'inutilité des guichets : même dans ce recoin où étaient huit fauteuils pour handicapés, reliés par un cordon antivol, quelques-uns avaient tenté de s'installer pour être mieux que par terre ou sur les bancs.

Qui de nous pour ne pas aimer les gares ? Les villes se construisent selon nos circulations, se stabilisent selon nos densités et mouvements, en tout cas dans leur forme moderne, et c'est bien récent qu'elles ne nous en fournissent plus les signes ni le rêve. Ainsi les boyaux de béton purement fonctionnels qu'on place sur nos lignes de TGV, avec l'immuable marchand de magazines et littérature populaire, plus un peu de confiserie, les machines à billets automatiques, et des bancs soigneusement conçus pour éviter qu'on s'y allonge de tout son long, ce qui est censé éloigner ceux qui ne viennent là que pour dormir au chaud. Ces gares-là, et les parkings qui les entourent, ne méritent pas d'attention : à moins, comme nous l'étions cette nuit à la patinoire, qu'on s'y retrouve soudain à y vivre, pour les deux heures de suspension de trafic qu'entraîne immanquablement un suicide sur voie, ou, pour une tempête de neige ou un accident de caténaire, que tout un train soit des heures et des heures à attendre : qui ne l'a pas vécu, n'en a pas souvenir ?

Ce que nous aimons, ce sont les gares qui témoignent de l'idée de voyage. Elles sont comme la part organique d'une conquête, avec ce qu'il faut de nourriture proposée, de salles où s'asseoir ou dormir, et la promesse, aux tableaux et affichages, qu'on pourrait se réveiller dans une ville où tout aurait changé, la langue, les gens, le ciel – sauf cela, justement, qui fait qu'on sait toujours se débrouiller dans une gare.

Ainsi j'aimais la gare du Nord, à Paris, fin des années 70 : j'y allais un peu avant minuit, l'heure d'embarquement des trains dont les destinations étaient Berlin, Varsovie et Moscou, mais aussi Budapest et Istanbul – si je ne les ai jamais pris, ces trains, pour moi le lent ébranlement des wagons-couchettes était une sorte de lien par contact avec cette planète des villes qui se superposait à la nôtre. Aujourd'hui les trains de nuit sont concentrés dans la gare en semi-ruine d'Austerlitz, je les prends encore trop souvent, on vous fait comprendre qu'il s'agit d'une fonctionnalité provisoire, une survivance.

Ainsi aussi, par contraste, les villes – comme celle où j'habite – où la gare TGV est devenue la vraie greffe de la ville sur la mobilité générale, et la vieille gare au fronton ouvragé – sa charpente sous verrière, à l'époque une démonstration de confiance dans la nouvelle maîtrise du fer ? – un lieu maintenant protégé et classé, mais que la ville dédaigne : et pourtant, si la gare TGV est un sas gris et venteux, la vieille gare conserve malgré tout ses fonctions symboliques, quand bien même il n'y aurait que la navette déglinguée qui la relierait à son appendice grande vitesse. Le « buffet », les guichets, le marchand de journaux drainant les piétons qui passent par cet abri de la gare (elle a deux sorties), et la mention des villes qu'elle relie, et qui se prendrait à rêver à l'offre de rejoindre Orléans, Nantes ou Bordeaux, malgré ces paysages de montagnes, vignes et plages en céramique censés les illustrer, la vieille gare n'a pas voulu se déposséder pour l'autre de ce qui résonne silencieusement sous le mot « départ » (mais Rimbaud, qui magnifie le mot en écrivant « Départ dans l'affection et le bruit neufs ! », n'est jamais venu à Tours, Indre-et-Loire).

Et donc, dès le premier soir, là-bas, la découverte de la gare centrale.

Tout simplement, parce qu'elle fait face au Hilton Bonaventure : vraiment, il n'y a que le passage clouté à traverser – la gare était la jonction naturelle de l'hôtel à la ville.

On la reconnaissait tout de suite sur le modèle d'une autre gare emblématique, d'ailleurs elle en reprenait même le nom : Central Station à New York. Par exemple dans le luxe des verrières, plafonds et carrelages. Dans les proportions aussi, l'immense rectangle à hauteur intérieure d'église. Dans l'idée, enfin, que là se nouait toute la ville : les six sorties aux angles du rectangle semblant en accrocher l'espace aux angles de la ville même.

Après l'arrivée au Hilton, le voyage, le décalage horaire et ces deux heures de rendez-vous journalistes, pas la réserve physique pour se plonger dans la ville, et pas cependant un tel abandon que rester cantonné aux zones neutres de l'hôtel international et sa nourriture standardisée pouvait se concevoir : j'étais donc sorti, et me retrouvai dans la gare avant même de me poser la question d'où aller.

Alors, juste en face l'hôtel, une fois traversé le passage piéton, ces deux lourdes portes battantes (habitués qu'ils sont en ce pays froid à ces sas, ils ne se préoccupent pas de les retenir pour qui vient derrière). Plongeant immédiatement à gauche, l'escalier pour le métro, sous sa voûte de carrelage. En bas de l'escalier, avant le guichet métallique de contrôle, encore un de ces stands à café et viennoiseries, face à un marchand de gants et écharpes, à se demander comment une ville, même aussi grande, peut en faire vivre autant, et qui parmi tous les voyageurs pressés attend d'être ainsi presque sur le quai pour se souvenir de son achat à faire : un double escalator, voie montante, voie descendante, plonge vers les voies.

C'est la spécificité de cette ville, son réseau de galeries et couloirs. Elle les a inaugurés la première, dans la splendeur des nouveaux temps béton : circuler par toute la ville de poche en poche sans avoir jamais à sortir à l'air libre. On les voyait, eux si bien habitués, foncer aux bifurcations, aux escaliers passant sous les rues ou les enjambant, là où chaque fois nous on devait hésiter et chercher la signalisation. Ainsi, une métaphore organique de la ville : non plus des bâtiments séparés par le dehors hostile et venteux, mais l'individu circulant dans le corps de la ville, comme dans notre propre corps se font les circulations. On changeait d'univers, la notion même de dehors ou d'intérieur n'avait plus cours.

Après l'entrée du métro, même côté, le hall d'accueil et la réception du Canadien National (comme notre SNCF) : le sigle CN en très gros, tout un immeuble de bureaux, les ascenseurs au fond et, derrière les vitres, un vigile en bleu. Un hall confortable à souhait, avec fauteuils en cuir et plantes vertes, sur moquettes et tapis répétant le logo de la compagnie : de quoi mettre à l'abri des courants d'air deux cents personnes.

Tout cela, dans la vie diurne, on l'ignore. Ce sont des signes de la ville qu'on identifie parmi les autres, mais n'exigent pas qu'on les remarque, à moins qu'on en ait l'usage spécifique.

Ces trois premiers jours, le couloir précédant la gare était le cordon obligé pour rejoindre la ville, ou simplement se restaurer ou boire un café hors la fourmilière close du Salon du livre, et son Hilton planté dessus. Ce hall de la compagnie CN donnant sur le passage, j'avais dû passer huit fois devant, mais je n'en ai vraiment fixé l'image que cette nuit-là, vers 3 h 20 du matin : le corridor menant à la gare, malgré la crasse et le mauvais courant d'air, encombré de dizaines d'évacués laissés dans la crasse, et le vigile en bleu derrière les portes vitrées, mains dans le dos, et gardant soigneusement interdit l'accès à ses fauteuils et sa moquette.

On est habitués, dans les villes, aux gens vivant par terre : chaque année Paris reçoit plus de sans-abri. Ils marchent la nuit pour éviter le froid, à cinq heures du matin s'enfournent dans les métros et dorment à même le sol dans les couloirs, chacun s'appropriant son recoin, jusqu'à la fin du matin (ce type sur son carton, métro Réaumur, changeant de la ligne 4 pour la 3 terminus Gallieni), les pieds de milliers de personnes les frôlent à quelques centimètres. Je me souvenais de ce tableau de Daumier, *Les Émigrants* : ceux qu'on avait fait entrer là, dans ce corridor, n'avaient rien de ceux qui s'exilent, ou de ceux qui vivent sans abri dans la ville – mais on prend immédiatement la même posture, on a immédiatement le même abandon, on fait comme si tout, soudain, était définitif, la crasse et les courants d'air.

Donc, ces dizaines de personnes couchées à même le sol, jusque devant le hall soigneusement fermé de la compagnie de chemin de fer, et dont le vigile en bleu sombre, derrière la porte vitrée, là où c'était chauffé, moquetté, avec assez de fauteuils au moins pour les gosses, contemplait cette misère qui ne le concernait pas – mais probablement qu'il n'avait pas d'ordre. Et personne n'avait donc pris la peine d'indiquer à ceux-ci la mise à disposition de la patinoire, cinquante mètres plus bas (sans chauffage, mais où nous avions nos aises, et c'était propre) ? Nous n'avions encore été en contact, deux heures après l'évacuation, avec aucun membre du personnel de l'hôtel.

On repensait forcément à ceux de l'extrême, ceux qui débarquaient clandestins à Calais ou Nancy ou Marseille – mais se garder de ces raisonnements. S'en tenir à ces postures des corps, que la fatigue rendait mêmes.

Dans la journée on ne s'en préoccupait pas, de ce corridor (les vitres dépolies d'une clinique dentaire faisaient suite à l'entrée des bureaux, personne ne s'arrêtait, on filait), avec des publicités pour les derniers films, ou le spectacle à la mode, et le recrutement en cours à la Banque nationale. Faisant l'angle du débouché sur le hall central, dans le dernier coude, un magasin de sacs et valises, de ceux qu'on voit immanquablement dans les gares, et une autre porte vitrée métallique à double battant (toujours ces sas pour le vent et le froid) vous projetait enfin dans la grande salle rectangulaire. New York a su habiter sa gare comme un intérieur, ici cela restait une gare. Peut-être par exemple parce que les accès aux voies, pour les trains, sont au milieu de la salle, dans sa longueur, numérotés de 1 à 19, et que l'étendue ou le volume en sont donc brisés, sous l'immense panneau central, avec des lettres battant à chaque départ ou nouvelle annonce de quai (et maintenant immobile et tout noir), indiquant les noms de villes, dont quelques-unes bonnes à rêver ?

Dès le premier soir, donc, j'avais pris ce dédale qui s'ouvrait en face du corridor côté hôtel, sur l'avenue en pente par laquelle on pouvait échapper aux buildings et descendre vers le fleuve. Derrière le grand hall rectangulaire, on retrouvait ces stands encore et encore pour manger pas cher, un libanais dont les assiettes indiquaient mal la provenance des ingrédients, des sandwicheries-pâtisseries. Puis les boutiques, et la première : des robots ménagers, des cafetières miracle, de l'électronique bon marché, lecteurs musicaux, calculatrices, souris magiques. Peut-être qu'on pourrait écrire l'histoire industrielle récente en inventoriant tout ce qui y fut rêvé et puis manqué, via ce qu'on retrouve ainsi bradé dans les gares.

Qu'on continue encore, une bifurcation vers la gauche rejoignait l'autre bloc, celui que surmontait la patinoire. En partant sur la droite, même si l'escalator ne payait pas de mine, on traversait littéralement le hall d'un dépositaire de meubles. Alors tous ces gens qui marchaient pressés vers leur travail, on les apercevait comme traversant votre propre chambre à coucher : des mannequins de démonstration préparaient les lits pour la nuit, étaient assis aux bureaux avec faux ordinateurs, une femme modèle s'affairait sur des légumes en plastique dans la fausse cuisine sans cloison. Le lendemain, à rester quelques minutes ici dans un coin, je découvrais qu'effectivement les conversations baissaient d'un ton, comme on ferait chez des gens. Qui venait ici acheter son canapé, et comment alors l'en extraire ? Seulement c'est vrai, ils n'étaient pas chers, vraiment pas chers, les canapés transformables trois places en faux cuir.

J'aimais bien, ensuite, le marchand de vases : quatre cents vases témoignaient ici de ce qu'on aurait pu attendre de quelqu'un qui, dans cette ville, se serait pris de passion pour le verre ou la céramique début de siècle, et les aurait accumulés dans son appartement : tout y avait des lueurs blêmes, et semblait vaguement neutre, depuis les étagères transparentes et mal éclairées du petit local tout en longueur où des miroirs semblaient démultiplier à l'infini les vases et les coupes. Je n'y ai jamais vu de clients. Au fond, une porte ouverte sur un bureau allumé (qui ne pouvait pas avoir d'autre issue, ce n'était pas possible) où se devinait le sempiternel ordinateur, mais le tenancier ou la tenancière n'était pas visible : occupé à quelles écritures, ou à quel rêve ? Et si on voulait acheter, on faisait comment ?

Le magasin de jouets pour enfants était le point de ralliement principal : des petites voitures en laiton qui s'y prenaient toutes ensemble pour éveiller en vous quelque souvenir, des billes et des agates de couleur en bocal, et on tâtait le fond de ses poches. De frêles merveilles suspendues, pantins de bois verni, mobiles, lampions et carillons (un monde de tintements, quand on avançait). Probablement que personne ne demandait jamais à ce que l'on décroche quoi que ce soit du plafond, mais c'était imparable, pour inciter à l'achat de ce qui s'accumulait en piles au niveau des mains – grosses formes de plastique de couleurs vives, rapport prix-volume imbattable – et pour faire tourner *Chez Bidule* (cela s'appelait ainsi), quelques attrape-touristes en avant : montagne de peluches fétiches (comme nous on a la tour Eiffel, ici c'était un mammifère des forêts) et boîtes de conserve idiotes – on trouvait d'ailleurs leurs pareilles tout autour du monde, toutes fabriquées dans la même usine de Singapour ou Shanghai (« comme ton ordinateur », avait rigolé Xavier P. quand on en avait parlé), et changeant seulement d'étiquettes, proclamant ici le nom de la ville comme à Paris elles se disaient « Air de Paris », et à New York « The air of New York ».

Après le fleuriste (beaucoup de fleuristes, et quelques

coiffeurs, puisque ce sont partout les professions les plus répandues en ville avec les marchands de vêtements), on retrouvait le quartier des bureaux et des assurances. Une rue courtaude donnait alors à la perpendiculaire sur une des longues et vieilles artères principales, mais pour y trouver ces mêmes enseignes, Old Navy, Zara, H&M, qui sont comme notre lèpre occidentale, infiniment extensible. La librairie qui faisait l'angle, entre buildings et vieille ville, vendait des petites loupiotes de lecture individuelle, des décorations d'anniversaire, et des agendas ou sous-main de cuir : les livres au fond répétaient ce que le Salon du livre nous offrait par conteneurs.

Le deuxième jour, prenant par erreur ce corridor vers la gauche, qui menait vers la patinoire (mais qu'est-ce que j'avais à faire d'une patinoire à ce moment-là ?), je m'étais trouvé passer entre deux magasins de livres face à face, mais invisibles, puisque personne ne passait par ici. À l'enseigne *Dust covers* (en anglais), c'était un bouquiniste. Derrière la vitre sombre, placardée encore d'affiches annonçant des foires aux livres anciens ou des ouvrages sur la marine, des étagères vides, une table à l'abandon, des cartons dans un coin : magasin fermé, et pas d'hier. En face, sous une lumière verte clignotante, l'enseigne *Lowest book price / Le livre à moins cher*, dans les deux langues, donc, parce que dans cette ville, si on n'a pas besoin de spécifier être bilingue pour vendre des bijoux fantaisie, des sacs à main ou des mugs à votre prénom, pour les livres, il le faut bien. C'est donc ici qu'ils habitaient, les livres, bons à finir dans ce corridor sous le néon des livres bradés ? Et c'était peut-être encore plus terrible de découvrir que ce réduit abritait surtout des ouvrages pratiques, ou de cuisine, ou illustrés : la littérature, on ne se préoccupait même pas de la recycler.

C'était le chemin principal, quel que soit le temps dehors, qu'empruntaient tous ceux qui arrivaient par train, car ou métro pour rejoindre leurs bureaux, et c'est ce qui hypnotisait facilement, gare centrale, ce permanent brassement indifférent aux boutiques : et que, sur la quantité de passage, il se trouvait toujours quelqu'un pour avoir faim – ou pas le temps de mieux –, et c'est le chinois qui avait la meilleure clientèle.

On n'y servait que des boissons sans alcool (je ne sais pas quel était cet extrait de racine qu'ils m'avaient fourgué le premier soir quand j'avais montré une canette en demandant si c'était bien de la bière), mais les nouilles rissolaient devant vous et ils étaient si vraiment chinois qu'on échangeait plutôt par signes, la patronne vous indiquait du geste, sur la caisse enregistreuse, le montant de votre plateau. On allait ensuite s'asseoir à l'arrière, trois salles imbriquées très peu éclairées, les immanquables téléviseurs, mais soudain avaient cessé et le passage et la ville.

Une chose amusante : le samedi après-midi, avant ce soir de l'évacuation, entre mes deux interventions et les heures de signature au Salon du livre, quand Anne

France M. avait aimablement proposé qu'on aille manger un morceau, j'avais décliné. Trop de paroles, trop de visages, besoin de faire un peu le vide. J'avais dit que j'irais prendre un café dans l'entrée du bâtiment, elle n'avait pas insisté. De l'ouverture cubique des quatre escaliers du Salon du livre, à pied ou mécaniques, un de ces corridors gris menait directement à la gare – et quand, au chinois, je me suis assis avec mon assiette de nouilles aux crevettes, je l'ai retrouvée : elle avait donc eu le même réflexe, et d'un coup on a parlé de sa ville autrement – non pas depuis les livres, non pas depuis la comédie du Hilton, et tout allait tellement mieux.

Mais cette nuit, les corridors par lesquels on avait accès aux boutiques, aux sandwicheries, au marchand de vases et à la boutique d'électronique bradée, tout était clos. Le hall seul restait d'accès libre. Combien étaient-ils, les évacués du Hilton, dans les courants d'air ? Tous les bancs étaient pris. Ceux qui s'étaient retrouvés là à deux avaient posé à terre un de leurs manteaux, se servaient de l'autre comme couverture.

L'autre côté du grand hall de la gare, hors du transit principal du centre-ville au métro, était nettement plus calme en journée. Un McDonald's plutôt sombre, avec des silhouettes dispersées derrière les plateaux réglementaires, sur des banquettes de bois inamovibles. Et là, dans la nuit, l'épicerie « Le Dépanneur de la Gare » derrière son rideau de fer comme les autres. C'est le Tim

Hortons que je cherchais, ayant bien repéré le nom sur ces sachets de papier que d'autres rapportaient.

C'était noir, entièrement noir, de l'autre côté du corridor vitré où *Positive électronique* s'associait à un coiffeur (et comme c'est étrange, une boutique de coiffure vide éclairée la nuit, je me demande maintenant pourquoi d'ailleurs – du matériel, fauteuils, commode, miroirs, d'une autre génération) pour faire face au McDo éteint, et puis cet accès direct au parking souterrain, et sa large dalle niveau rue. Deux balayeurs haïtiens poussaient un gros chariot vert, les épis de ciment parallèles étaient déserts, de l'autre côté de la rue encore la masse noire et trapue du Hilton surmontant son building, et je l'ai aperçue, éclairée, l'enseigne du Tim Hortons.

12.

Conversation au Tim Hortons (2)

« Du droit inaliénable pour un auteur de n'être pas séparé de ses livres, dit un des Rolin.
— T'as vu jouer ça où, dans le droit anglo-saxon ? Tu l'expliqueras aux vigiles ? », dit l'autre.
Il était vers quatre heures du matin, peut-être un peu plus. Dans la patinoire on avait froid, j'étais revenu au Tim Hortons pour racheter des gobelets de thé et café. En traversant la gare, j'avais aperçu mon vieil écrivain : une brave dame écoutait ce qu'il lui racontait sans arrêter, il s'était trouvé un public, j'ai soigneusement évité de traverser son champ visuel.
Connaissant le chemin, c'était facile : sortir de la gare par le corridor devant *Positive électronique*, et traverser le parking réservé à la gare, pour se retrouver sur la rue suivante.
« On ne laisse pas cinq étages de livres sans personne pour les garder. On y va, on montre nos papiers aux vigiles : – En tant qu'auteur, je sollicite d'aller dormir parmi mes livres.

– Le matelas sera maigre, de tes quinze livres. Non, on va aux livres de poche, c'est plus souple, il y en a plus. Ou rayon psychanalyse, ça te fera des beaux rêves. On se construira des murs, un toit. Une maison de livres, dans la grande cave aux livres. Qu'importe après que le reste de la ville brûle ? »

La petite salle était encore plus encombrée que tout à l'heure, la famille en vêtements de nuit avec les deux enfants et le bébé avait disparu vers un havre qu'on lui souhaitait meilleur, l'écran affecté au crétinisme sportif continuait de faire défiler ses images vides (maintenant, du hockey sur glace : en signe de soutien à nous autres, de la patinoire, j'ai pensé, mais c'était probablement exagéré).

Quand j'avais pris ma commande, j'avais aperçu, au bout de la rangée de tabourets, les deux frères Rolin, et les avais rejoints. Ils étaient venus séparément, m'ont-ils dit, l'un par l'avion, mais le lendemain de mon propre jour d'arrivée (j'avais vu son nom dans les programmes de signatures et conférences), et l'autre simplement parce qu'il se baladait dans l'estuaire, étudiant un projet de livre dont il ne m'est pas possible d'évoquer ici le contenu (pourtant, qui d'autre que lui en mesure de se risquer sur des projets semblables). Jean Rolin était donc simplement monté dans un autocar pour venir saluer son frère, ils ne se voient pas plus fréquemment ni autrement à Paris, ils étaient encore – me dirent-ils, les deux seuls clients au *lounge* du Hilton lorsque l'odeur de fumée les avait alertés, ils avaient même été les premiers à la signaler au personnel, les premiers, donc, à assister à l'arrivée des vigiles de sécurité du building, les portes coupe-feu alors closes, les pompiers de la ville arrivés en huit minutes, précisèrent-ils, le signal alors transmis aux chambres, et eux-mêmes on leur avait demandé de quitter le bar, « pour une fois qu'il se passait quelque chose d'intéressant », dit l'un, mais dans l'encombrement du Tim Hortons, difficile de savoir lequel de Jean ou d'Olivier avait parlé, cette façon blasée – du moins pour les choses de cette fraction du monde – leur appartenait en commun.

« On a réveillé Marc Lévy, il a cru que c'était une plaisanterie, qu'on venait l'embêter parce qu'on était bourrés, dit l'autre des deux frères. Pourtant on l'aime bien, ce gars-là, il nous a claqué sa porte au nez, et quand on l'a revu en bas une heure plus tard, ça l'a fait rigoler : – C'est de votre faute, il nous a dit, c'est complètement de votre faute, on aurait dit qu'il nous accusait d'avoir nous-mêmes provoqué l'incendie, non mais on a quand même mieux à faire pour s'amuser... », enchaînait l'autre frère (ils sont physiquement très différents, mais leur syntaxe orale et leurs intonations sont très semblables), tandis que le premier enchérissait – le séjour au *lounge* du Hilton, pour atteindre 1 h 47 du matin, avait dû être long – que si c'était eux qui avaient « fichu le feu à ce machin, on s'y serait mieux pris, c'est évident ».

Des deux frères, qui peut se vanter d'en savoir davantage ? Deux gabarits, certainement, voyant le monde d'une bonne tête au-dessus de la mienne. Pour le reste, rien qui les rassemble : l'un qui se préférait mal rasé, et l'autre plus soigneusement mis. Un qui partait pour des voyages sans fin, financés par des articles vendus d'avance dans la meilleure tradition journalistique (bien qu'il ne fût pas journaliste), et l'autre s'isolant dans un bord de mer à l'écart, s'y occupant de son bateau et probablement pas grand monde pour lui adresser la parole, mais accaparé par l'énoncé formel qui précédait chacun de ses livres.

Le Polonais Andrzej Stasiuk était là aussi, je l'aime bien : Jean Rolin nous a présentés, on a parlé quelques minutes, mais ça ne pouvait être qu'en mauvais anglais. De quoi on parle, quand on se rencontre comme ça ? Certainement pas des livres, même quand on les a lus. J'ai dit à Stasiuk que je connaissais son goût pour la musique punk et les Sex Pistols, ça l'a fait rire. Un autre groupe, un peu plus loin, a compris à sa prononciation qu'il était polonais, l'a interpellé en russe, il nous a quittés pour eux : c'était curieux, le Tim Hortons, cette nuit-là. Olivier Rolin a rapporté trois autres gobelets de ce café au goût de brûlé, tout juste sorti de ces cylindres inox avec levier-versoir, reliés à une prise électrique, l'art nord-américain du café.

Jean Rolin capable de contourner Paris, en se tenant à quelques dizaines de mètres du périphérique, passant d'un hôtel à l'autre pendant quatre mois sans revenir une seule fois chez lui, puis racontant son périple de cette écriture à la fois minutieuse et nourrie de la présence et des signes d'une humanité en bascule, et inquiète : un roman d'aventure, dans notre vie même. Et Olivier Rolin nous offrant un port du bout du monde, ou au contraire, après s'être fait envoyer des extraits de l'ensemble des quotidiens régionaux tout autour de la planète, relevant le défi d'en décrire un seul jour, mais depuis ces micro-événements qui font à n'importe quel endroit le tissu de la vie.

Mais ce qu'ils se racontaient l'un à l'autre ? Qu'est-ce que je raconte à mes propres frères, les rares fois qu'on se voit ? Après tout, la première caractéristique de ces relations, c'est qu'on se comprend sans rien dire. Mais il était quatre heures du matin, les deux Rolin s'étaient retrouvés, et du moment que j'ai passé avec eux deux, je me souviens.

« Tu vois le Hilton, disait un des Rolin : les livres tout en haut, ça devrait être tout l'inverse : une piscine de livres pour les enfants, et les auteurs dans les souterrains. Les gens iraient bouquiner là-haut : dans chaque piaule du Hilton, sur le lit, un livre et un seul d'un des auteurs présents. Tu t'allonges, tu t'assieds, tu prends le livre... Et quand tu as envie de rencontrer le type derrière, alors là, tu descends au sous-sol : on a des tentes, comme les tentes des Quichotte aux sans-abri, l'hiver dernier tu te rappelles. Mais rien à vendre. On a des tables et du papier, on les fait parler, ils racontent et on les emmène jusqu'à ce que ce soit beau, ce qu'ils disent...

– Et ce qui aurait cramé ce soir, dit l'autre Rolin, tu le mets où, en haut dans tes piaules avec livres, ou en bas dans le camping des auteurs, puisque évidemment tu nous fais dormir sur la moquette...

– C'était bien ton projet, tout à l'heure ? »

L'un donc qui venait présenter son dernier livre, et devait faire, à l'université, une conférence sur le style. L'autre qui avait voulu voir les établissements portuaires, nous disait-il, tout au bout de l'estuaire (il avait vu l'île d'Anticosti et en revenait, et moi qui rêvais de voir un jour Anticosti : tout ce qu'il m'en disait, c'est qu'on y mangeait plutôt mal), et ce qu'étaient devenus ces ports qui signifiaient la porte du nouveau continent, au temps des porte-conteneurs, et que les plaques d'échanges neuves étaient définitivement ces zones aéroportuaires qui se ressemblaient tant de ville en ville. Il était là depuis bientôt cinq semaines, le voyageur, préoccupé seulement, en apparence, de son livre en cours : « Toi qui t'y connais en voitures... », m'avait-il dit tout à l'heure, parfaitement indifférent à nos histoires de salon, d'édition et d'hôtels. Je lui ai signalé la présence de Jean-Paul H., venu avec le prix Goncourt : il était probable que Jean-Paul H. était l'une de ces silhouettes dispersées dans les galeries d'accès à la gare, qui en occupaient les bancs et les salles d'attente. Il a dit qu'il irait sitôt après s'en enquérir. « Je vais le réveiller, qu'il en profite, au moins... »

Que le voyage, disait l'un, est cette façon de se couper derrière soi de toute habitude et facilité : n'avoir plus que ce qui surgit, ce visage arbitrairement donné et dont vous devez subir la mauvaise haleine, devenu le destin entier de l'humain et votre seul contact avec l'espèce. Et puis il faut vivre : de ce qui l'amenait dans l'estuaire, il disait juste le nom du magazine commanditaire, avant d'embarquer son frère dans une histoire louche récemment découverte concernant les baleines, ou plus exactement le détournement aux fins de politique locale d'une énorme subvention internationale pour la protection des espèces survivantes. Il fallait avoir lu les livres de Jean Rolin pour entrevoir, sous l'histoire, ce qui s'en séparerait ensuite, vers le magazine commanditaire et vers le livre qu'il publierait.

« L'imaginaire Nord, disait-il, qu'il existe un imaginaire du Nord... »

Que voyager, répondait l'autre, est aussi une façon de reculer l'échéance : les journaux ne nous préoccupent plus, les téléviseurs et le bruit du monde se font lointains. Il n'aimait pas prendre des notes, le livre selon lui devait grossir et s'imposer à travers le plus d'obstacles possible. Son frère à ce moment-là fixait ce téléviseur insatiablement consacré, au-dessus de nos têtes, aux exploits sportifs : du catch américain à ce moment-là, en fond de nuit ça coûte sans doute moins cher à diffuser. Dans son avant-dernier livre, il nous faisait littéralement visiter – ou avait-il tout inventé (ça l'a fait sourire que je le lui demande, mais il s'est bien gardé de répondre) – une suite indifférente de chambres d'hôtel, où tout était noté avec précision : la marque du téléviseur, la forme du chauffage et celle de la commode ou console pour poser sa valise, et la couleur du dessus-de-lit, et le fonctionnement des lampes. Probable que dans les carnets d'Olivier Rolin on trouverait demain un état complet des chambres standard du Hilton Bonaventure : je ne saurais pas en encombrer ce récit. Son livre, à chaque fois, installait aussi le paysage vu de la fenêtre pour que la description de la chambre devienne l'élément d'une construction fantastique à personnages récurrents, selon la typologie du roman d'aventures, d'espionnage, ou simplement le journal d'un écrivain échoué là. « Tu nous feras une version augmentée de ta *Suite à l'hôtel Crystal* ? », je lui ai demandé, mais il n'a pas répondu directement, ça m'aurait surpris d'ailleurs, marmonnant qu'au Tim Hortons ils devraient bien vendre autre chose que des gobelets de café brûlé puis inondé.

« Les chambres du Hilton ne donnent que sur le Hilton. Labyrinthe fait pour oublier la ville : les couloirs dans l'enceinte brute du bâtiment, pas besoin de fenêtres. Regard du dehors : élévation noire, abstraite. Et, du dedans, ce qu'ils ont sans doute pensé comme jardin, on voit les restes d'aménagement pour l'eau, même glacée : fausse fontaine l'été, cascade gelée l'hiver, mais longtemps qu'ils ont abandonné. Les arbres sont bien malingres, en étages. »

Son frère l'a coupé pour nous faire signe d'écouter : de toute façon, lui-même n'en comprenait sans doute pas plus que nous. On les aurait crus soudain descendus de l'écran de télévision pour prendre place à côté de nous, sur l'étroite planche courbe à hauteur de coudes, avec ses six tabourets fixes, cinq gabarits au lourd accent américain que nous aurions bien été incapables de situer d'un côté ou de l'autre de la frontière, entre Chicago et Seattle et les villes canadiennes, de Toronto à Vancouver, dans le Canada anglophone. L'avantage sur nous, c'est qu'ils étaient venus pour cette Gray Cup, la compétition de football qui les maintiendrait des heures sur les gradins des stades en plein vent, et ils s'étaient donc déplacés avec des anoraks gonflants, de couleur vive, hérissés de la casquette réglementaire au nom de l'équipe, et ces types – les deux Rolin pourtant pas des minuscules – semblaient nous reléguer au rang de frêles appendices, dans la même proportion qu'ils occupaient, par rapport à nous trois, le volume sonore. Évidemment que dans leur ville ils pratiquaient le même sport, ils en avaient les épaules autant que la tenue. Logés en masse au Hilton, dans le premier moment de l'alerte, nous avions pensé que, si incendie il y avait, ça ne pouvait être le fait que de ces bûcherons en goguette, croisés l'après-midi rapportant à la chambre des packs de bière qui devaient leur peser lourd au bras, et qu'à fumer et picoler le feu avait dû prendre dans une chambre. Eux, ça les amusait bien, la nuit blanche quartier de la gare.

« Toi qui t'y connais en ordinateurs... », m'a dit Jean R., qui se gardait bien de toucher à ces outils mais avait besoin de transmettre son article sur Anticosti au magazine qui finançait son voyage. On est partis sur ces détails : la question de l'article lui-même, ou de l'écriture en général, n'était pas ce que ces deux-là mettaient en partage. Les rires des cinq Américains (Canadiens anglophones ou venus de Chicago ?) noyaient la conversation et le bruit ambiant, j'observais ce désarroi des silhouettes effondrées sur les tables, mais la fatigue que je ressentais ne semblait concerner ni les footballeurs anglophones, ni les deux frères. Je compris vaguement que les deux Rolin évoquaient la cabane de Malcolm Lowry, qu'ils l'avaient chacun visitée, mais à plusieurs années d'intervalle. Non, j'ai répondu, je n'y suis pas allé encore. Mais déjà l'un des deux avait entrepris l'autre sur une équipée en bateau où il voulait entraîner son frère pour je ne sais quelle expédition vers un établissement pénitentiaire à l'abandon quelque part dans l'estuaire, et ce qu'il leur faudrait trouver comme embarcation à louer. L'autre ne voyait pas le caractère d'urgence de l'équipée, c'était après tout leurs histoires de famille, je me suis éclipsé, retour à la patinoire, mon sac en papier avec deux nouveaux gobelets brûlants à bout de bras, que je ne voulais pas renverser.

Est-ce que les Rolin, en quinze ans, je les avais jamais

croisés autrement que d'aussi brève façon et jamais deux fois au même endroit ?

Au bout de la rue, là-bas au carrefour, il semblait qu'une partie des pompiers en ait terminé, ils avaient enlevé leurs casques, remballaient le matériel et se regroupaient devant les camions. « Je retourne à ma patinoire, j'ai dit aux Rolin, de toute façon on se voit demain. » Jean R. a grogné qu'à cette heure-ci il était inutile de vouloir dormir, et qu'il allait descendre vers le fleuve. Le lendemain, je ne les ai pas revus.

13.

De l'édition et du commerce des livres

« Tirage, grattage... Et si au lieu d'édition on parlait de ces jeux ? Vous achetez pour presque rien, un euro, deux euros, la liste des titres est déjà une langue à elle seule : Keno, Joker, Loto pour les tirages, Cash, Morpion grattez-les, Millionnaire, Bingo, Dédé, Goal, Vegas, Solitaire, XIII, Banco, Astro, Numéro fétiche et j'en oublie pour le grattage. Quel rapport au livre ? Vous me dites quel rapport à l'univers de pensée, de beauté et de pérennité qu'est le livre ? »

C'était à dix-sept heures locales, ce samedi après-midi. Nous avions été quelques dizaines à discrètement quitter le Salon du livre, prendre le passage souterrain qui donnait sur le Hilton à droite, sur les parkings voitures à gauche, et à grimper par l'ascenseur au quatorzième étage (que je ne savais pas être le quatorzième étage, juste que c'était la réception du Hilton, où tous nous étions logés, et qui disposait d'une suite de salles pour réunions professionnelles). « L'édition aujourd'hui, contradictions, évolution », c'était le thème de la conférence.

Les grandes maisons d'édition de notre pays accaparaient comme dans nos propres fêtes du livre le hall principal, au deuxième sous-sol, occupant de grands carrés surmontés de leur nom en lettres blanches sur fond rouge, elles occupaient la vue comme elles occupaient le marché, quand bien même on était si loin de leurs sièges sociaux. Le Salon du livre, organisé par le distributeur chargé de les faire fructifier, n'avait aucun intérêt à changer les règles : il suffisait de quelques auteurs d'ici dans les rouages des grandes enseignes dont les noms, certes, ne risquaient pas de nous dépayser, pour avoir l'impression que le pays des lettres n'avait pas d'autre frontière que celle de la langue – mais quelle étrange impression, à retrouver, en entrant, une simple transposition de ce qu'on aurait trouvé dans nos fêtes du livre régionales.

« Tirage, grattage : mais c'est une révolution, en ce moment, les Jeux ! On peut s'y livrer directement à l'ordinateur, en ligne, à volonté nuit et jour : quel rapport avec le livre ? Mais tenez : les buralistes. Les buralistes se plaignent. Un tiers de leur chiffre d'affaires, depuis la fin proclamée des cigarettes, passe par les petits tickets brillants à gratter. Un joli petit ticket brillant à temps d'usage limité : temps d'usage strictement identique à sa consommation. Certes, ce n'est pas l'exacte définition de nos romans de gare, voire des tables de nouveautés qui sont pour quarante pour cent dans notre survie. Mais tout de même : n'y aurait-il pas une littérature horizontale, présentée bien à plat sur les tables, les fameuses nouveautés, et une littérature verticale, celle qu'on garde en rayon contre nos murs ? Les livres sont de jolis petits objets brillants, qui après usage doivent susciter l'envie du suivant : l'enfer des Jeux est déjà devenu le présent du livre... »

Nous on les savait, les petites histoires de l'édition française, on se faisait nos propres commentaires : « J'y vais une matinée par semaine, pour ces quelques livres que j'ai à charge d'éditer », reprit mon voisin. « Je n'ai pas besoin de bureau, un coin de table me suffit. S'il s'agit de discuter avec un auteur, le café d'en bas fera tout aussi bien l'affaire, d'ailleurs il s'intitule *L'Annexe*, pour de vrai. » Nous reparcourions ces salles laissées vides (il y avait de la réserve, dans la partie souterraine du Hilton), avec leurs parois amovibles rangées sur les côtés, et des empilements de chaises, puis reprenant l'ascenseur pour cette rencontre professionnelle qu'il devait animer dans un des salons de conférences, tout là-haut, celui-là même, mais nous ne le savions pas, d'où l'incendie partirait.

« Tirage, grattage : ils en disent quoi, les buralistes ? Nous allons disparaître, disent les buralistes. Concevez-vous une ville sans buralistes ? Mais qui donc, à part eux, s'en préoccupe ? L'abaissement de l'humanité occupée à gratter des tickets au bénéfice d'un seul, et toujours au bénéfice de qui les invente et les renouvelle, justifie-t-il l'aide généralisée à une profession qui voit la ville s'éloigner d'elle, les voitures et piétons passer sans s'arrêter... »

Lui, le conférencier, avait dirigé jusqu'à la fin une collection prestigieuse dans un de nos grands bastions, qui venait de brutalement fermer ses portes : « Se retrouver juste entre professionnels, et vous donner quelques éléments, et pourquoi il serait bon de continuer à travailler ensemble... »

« Tirage, grattage, vous y voyez plus clair... Paramètre du temps de circulation et de consommation, circuit accéléré de renouvellement, produits sans mémoire, identiques à eux-mêmes : on tire, on gratte, on sait aussitôt si perdu gagné. »

Je connaissais bien cette maison brusquement tombée dont il parlait. Le rachat par un capitaine d'industrie, de fortune récente, basée d'ailleurs sur le succès disproportionné d'un seul livre. Le nouveau groupe propriétaire avait d'abord concentré l'administration : services de paye, contrats, suivi des bases de données informatiques, tout cela était parti dans ses propres bureaux. Une vieille maison aux couloirs-labyrinthes, serpentant dans les étages, rejoignant des aménagements sous verrière, ou des mansardes sous velux, avec des marches et des angles pour passer d'un bureau à un autre, et cette curiosité d'une deuxième sortie par un ancien escalier de service, directement dans une rue derrière, qui permettait des rendez-vous plus discrets quand c'était besoin, ou qu'on se rendait dans un des chics restaurants alentour ?

« Tirage, grattage, je ne vous parlerais que de cela, que j'aurais tout dit quant au livre... Ne pas placer trop d'argent dans un seul objet, multiplier ces tickets à 1 ou 2 euros, l'impression que c'est ce qu'on a déjà dans la poche... Regardez comme on a fait toutes ces années : des centaines de livres qui paraissent en même temps, et tous se ressemblant, et puis trois ou quatre d'entre eux qui décrochent la timbale et permettent au système de s'entretenir. »

Sur le « logo » de cette vieille maison d'édition figurait une maison : pourtant, dans cette rue et celle qui la coupait à angle droit, au moins trois implantations. Des fonds de cour, le service de presse et de communication à tel endroit, et le service fabrication à tel autre, une librairie avec pignon sur rue, et le bâtiment qui servait toujours d'adresse officielle n'abritant en fait que les filiales : c'était rationnel tout cela ? Et cela expliquait tant de bureaux vides, à s'entendre répondre que la personne qu'on cherchait était partie plus loin dans la rue, dans un des mille couloirs et escaliers ? Pour cela probablement qu'on oubliait même l'existence de tel service, ou de la personne qui lui était attachée. Finalement, le plus simple était de se donner rendez-vous au bistrot du coin. Dans cette période où j'y venais régulièrement, ça m'amusait de contempler, par la vitre qui séparait la pièce où je prenais le tabouret de la stagiaire, débranchant un câble Ethernet, sur la chaise du bureau voisin un empilement de livres qui ne bougeait pas d'un mois sur l'autre, ça faisait très XXIe siècle. Quand ils avaient annoncé un premier plan social, que chacun avait compris n'être qu'un avertissement, comme on fait dans l'industrie, pour préparer à des décisions plus lourdes, et que le groupe propriétaire avait annoncé le nombre des « éditeurs » dont il voulait se débarrasser, c'est au bureau à la chaise encombrée de livres que j'ai pensé, d'autant que les « petites mains » dans cette maison n'étaient pas si bien logées.

« Tirage, grattage ? Souvenez-vous de ce tollé : maintenant, les tickets seraient vendus dans les hypermarchés... Alors donc, fini, plus besoin de magasins spécialisés. Mais les livres, où les achetez-vous donc ? Et comment, nous autres, faire en sorte qu'un livre résiste dans un hypermarché ? Premier rayon, ce qui est au-dessous de la ceinture : compte pas. Ce qui est trop haut : compte pas. Ce qui sort de votre champ visuel quand vous vous plantez devant : compte pas. On évalue à un tiers ceux qui contournent le présentoir accueil face. Là, mettez les solides, ceux qui incitent à faire le tour : ce qui s'est vu à la télévision, ce qui parle de politique, et du travail intérieur de l'âme. Ayez toujours un livre sur l'évolution intérieure de l'âme. Déclinaisons multiples, mais toujours un. Puis, encore à l'arrière, les utilitaires, vous avez une petite place là pour les découvertes. Et ce ne serait pas un métier comme à la Française des Jeux ? »

Une maison de cette ampleur ne peut fonctionner que par un équilibre complexe, disait l'éditeur, revenant à la grande maison parisienne sombrée, tandis qu'au fond de la salle deux employés du Hilton, en vareuse blanche de serveurs, installaient déjà les silhouettes en carton à double échelle d'un quintette de joueurs de football, à qui nous laisserions la place.

« Tirage, grattage : mais regardez-les sur leur Internet, comment ils font avec les doigts, que je te tape, que je te racle, et ça ressemblerait à la grande paix des livres ? Qui de nous ne s'est pas endormi dans un livre. La belle hypnose ! Les personnages soudain marchent jusqu'à vous, les phrases dans votre monde intérieur deviennent des mers, des musiques, des montagnes... Le livre travaille aussi par le sommeil, et l'arrêt du temps. Mais l'écran ! »

Des gens étaient partis discrètement, quelques autres moins. Finalement, peut-être que le devenir de l'édition n'intéressait pas tant. Lui-même, l'éditeur, l'avait dit bien fort : « Tirage, grattage, le hasard et la folie du destin, et d'y venir voir de tout près, et de s'en mêler, ça ne cessera pas : l'humanité sera toujours un poème – mais nous ? Nous qui en avons organisé la diffusion en petits paquets soigneusement colophanés, transportés, et nos journaux chouchoutés, et la radio, et les publicités avec tête de l'auteur : je vous le dis, un monde bascule et savons-nous ce que nous faisons ? » Le public pouvait poser des questions, une jeune femme a dit que, même lorsqu'elle était en stage dans cette maison, c'est Internet qu'elle et ses collègues consultaient pour les éventuelles corrections d'auteur. Et qu'en tant que stagiaire on l'avait payée, six mois durant, à peine 370 euros, que tout le travail c'étaient elles pourtant qui l'assuraient...

« Tirage, grattage : une affaire, mademoiselle, de loterie. On a fait comme si cela devait durer toujours. Des représentants sur les routes. Chacun trois départements, ou toute une région, dormir à l'hôtel, se faire recevoir des libraires, pousser l'argument – cinq minutes par livre, que ce soit clair : qui dira ce qu'ils ont fait, ces trois décennies, nos représentants – et fini. Tout d'un coup fini, fini pour tout le monde. Prenez le métro, regardez ce que lisent les gens autour de vous : statistiquement, trois qui lisent les journaux gratuits, lus en vingt minutes, pris au départ, jetés à l'arrivée, rédigés pour. Un peut-être qui s'obstinera encore à lire un quotidien comme nous autres les lisions. Deux qui auront des magazines ou mots fléchés : Ah, qui dira la merveille des *sudokus*. Ce mot magique pour nos compatriotes en métro, mademoiselle : *sudoku*. Et qui aurait le culot d'en publier un dont la solution soit impossible ? Ô mânes de mon vieil ami Perec. Et puis quatre qui seront de-ci de-là à s'acharner sur leur téléphone portable : le téléphone portable comme activité à part entière, mademoiselle, et là aussi on tire, là aussi on gratte. Quelques autres dans ces bouchons à fil qu'ils s'insèrent dans les oreilles. Et sitôt au travail : l'écran, le babil. Dans nos maisons d'édition aussi : nous payions très cher des gens qui nous faisaient des sites miraculeux, et miraculeusement efficaces, aurions-nous demandé des conseils à vous autres, stagiaires des réseaux, ou à notre propre standardiste à l'air absent, et Internet sous son nez du matin au soir... J'ai connu la fin d'une époque. Nous n'imaginions pas que ce serait celle de notre maison. »

Un jeune type s'est levé et a demandé ce qui se passerait pour les manuscrits : « Quels manuscrits ? – Ceux que nous envoyons. – Ceux que vous avez envoyés ? – Non, les manuscrits que nous pourrions être amenés à vouloir publier, où les envoyer, à qui ? » C'était donc la seule question qui l'intéressait...

« Tirage, grattage, jouez-les donc au Loto, vos manuscrits, mon ami... Jouez au blog ! »

Et lui aussi, le soir, je l'avais vu au Tim Hortons, à mon deuxième voyage : « Le monde change, mon petit F., le monde tourne – Tu crois qu'on s'en sortira, dis, tu crois ? »

14.

Réintégration des locaux

J'étais donc revenu à la patinoire, lesté d'un sac marron en papier du Tim Hortons avec mes deux gobelets supplémentaires, thé et café. Dormir n'était pas possible, trop inconfortable, trop froid. Et encore pire était de marcher dans les rues. On se disait que bientôt il ferait jour, que probablement, quand même, ils nous relogeraient, et quand bien même nous ne retrouverions plus, peut-être, les affaires laissées dans la chambre au quinzième étage (nous étions logés dans l'aile gauche, un demi-étage au-dessus de la réception), nous bénéficierions d'une aide collective – donc attendre. Les endormis, ceux qui y parvenaient, semblaient avoir tout oublié du contexte, et quand d'autres parlaient, et même riaient, on avait fait connaissance, on devinait aux postures que l'occasion avait seule permis le rapprochement.

À cinq heures très exactement, une femme aux cheveux courts, avec la veste bleue et la plaque argentée du Hilton à la boutonnière, avait enfin fait son apparition.

Nous nous étions rassemblés autour d'elle : l'incendie était maîtrisé («Tout est sous contrôle», assurait-elle), les dégâts ne concernaient qu'une partie limitée des cuisines, couloirs attenants et salles de conférences. Nous avions donc l'assurance de retrouver nos chambres, et intactes. C'était imminent, il fallait juste l'accord des pompiers, qui terminaient les vérifications. Quelqu'un lui a demandé si elle savait que d'autres évacués s'étaient dispersés dans les couloirs de la gare, et d'autres encore là-bas, vers le Tim Hortons. Oui, elle savait, «nous avons fait le nécessaire», dit-elle avec une telle assurance qu'on en aurait oublié qu'elle venait juste de surgir avec quelques informations, depuis trois heures que nous étions ici.

Alors plus le courage de se rasseoir. Comme tous les autres, nous avons lentement migré, par l'escalier de la grande entrée, vers la galerie commerciale du rez-de-chaussée où les mannequins et les ordinateurs, derrière leurs vitrines respectives, étaient toujours aussi indifférents et immobiles. Les deux vigiles s'étaient placés devant l'entrée en rotonde, avec la lourde porte tambour, et la maintenaient fermée.

Bien sûr une télévision locale était là, et nous filmait. Je ne crois pas que la situation ait pu justifier ensuite l'utilisation de ces images, en tout cas je ne les ai pas trouvées sur Internet : il aurait fallu quelques blessés – ou pourquoi pas des morts. Mais l'équipe de nuit en service s'était déplacée, au demeurant juste trois types, l'interviewer qui semblait à tout prix chercher quel footballeur ou écrivain connu (pas moi, bien sûr, je n'avais pas la taille) se trouvait ici dans la panade, son opérateur qui plaisantait en anglais avec les supporters de foot et se trouvait apparemment tout heureux d'être là plutôt qu'à son bureau, et un technicien son (toutes les radios et télévisions sont pareilles) qui relevait consciencieusement des ambiances.

Il n'était pas question pour nous de sortir, nous ont redit les vigiles. Et ce n'est pas la jeune femme décidée du Hilton qui reviendrait, mais les pompiers eux-mêmes, pour notre réintégration. Alors, dans ce grand hall qui n'était éclairé que par la lumière extérieure de la ville, s'éclaircissant légèrement désormais, on arpentait le carrelage, on restait debout, on guettait les véhicules au gyrophare monotone.

Et puis enfin, un pompier d'au moins deux mètres, avec le casque qui lui semblait comme une seconde tête, posée toute brillante sur la première, est venu jusqu'à la rotonde et nous a fait traverser.

Il n'y a pas de roman fantastique sans déambulation dans des lieux vides, la ville, l'hôtel, la maison ou la rue devenus fantômes : il y a des tas et tas d'exemples. Ainsi, pour nous ce soir, ces couloirs et galeries, et ces dizaines de silhouettes en occupant les niches et recoins pour essayer de s'y endormir, auraient pu n'être qu'un mauvais rêve, déstabilisé par un livre qu'on aurait lu trop longtemps, ou sans se méfier qu'il exprimait parfaitement cette situation étrange, dormir dans le building même qui accueillait le Salon du livre. Et tout alors devenu décor : on aurait pu tourner un film, en direct, de ces quatre heures. Un film qui aurait duré quatre heures, comme on s'est tenu fermement à l'idée qu'il faudrait quatre heures continues de lecture pour lire jusqu'au bout ce récit. Un film qui aurait eu comme seule contrainte de ne rien avouer de la cause préalable de l'évacuation : pourquoi soudain huit cents personnes dans ces coulisses de la ville futuriste, qui pouvait être toutes les villes ?

Et nous ne pensions même pas à dire adieu à la grande patinoire vide sous sa coupole de fête, sa surface blanche réfléchissante au milieu, et les corridors sombres qui se perdaient autour dans les magasins, pas plus qu'à ce moment-là je n'aurais repensé à la petite zone embuée du Tim Hortons bondé, avec ses voix, ses écrans, son bruit. Juste, nous traversions la rue, remontions cette brève pente noire au bout de laquelle, derrière la dizaine de véhicules de secours encore présents, l'immeuble du Hilton semblait plus muet encore, plus massif.

On est entrés par une porte que je n'avais pas repérée, ni les jours précédents, ni cette nuit même. Les étages intermédiaires abritaient des compagnies, des agences, non pas des administrations, mais apparemment aussi des cabinets médicaux. Dans la journée, on passait le guichet d'un gardien, il y avait une sorte d'arbre de marbre sur le mur avec autant de plaques par étage que d'occupants, et puis un double ascenseur au fond. On a patienté, personne pour bousculer les autres. Le disparate des vêtements, des sacs, de la façon dont on était partis plus ou moins vite, ressortait d'autant plus qu'on était serrés dans ce hall. Et les autres, par où rentreraient-ils ? On a aperçu, derrière nous (là encore, ils avaient refermé la porte), les pompiers convoyant les groupes depuis la gare, en face. On montait par douze et l'ascenseur nous a laissés au neuvième étage. On était dans ce qui ressemblait à une compagnie d'assurances : long couloir, cloisons à mi-hauteur, boxes vitrés pour les chefs, et des ordinateurs partout. C'était long, c'était compliqué, cela n'en finissait pas. Pour traverser les bureaux aussi ils nous avaient encadrés par petits groupes : on allait s'asseoir et lire les dossiers ?

Tout au bout, c'était une issue de secours, repérée comme telle. Elle avait pris feu, une fois, leur compagnie d'assurances ? Probablement non. Mais, après les bureaux, un escalier similaire à celui qu'on avait emprunté, quatre heures plus tôt, pour descendre. Celui-ci plus large, cependant. Encore monter d'un étage, encore une autre porte coupe-feu du genre de celle qui nous avait permis de sortir des assurances, et on était dans l'administration du groupe Hilton. C'était indiqué sur la porte, et puis à l'entrée des différents couloirs : parce que c'était long à traverser, ici aussi. Service des commandes et achats, service du personnel, gestion des événements et congrès : on ne se doute pas d'une telle administration, on n'a affaire qu'au personnel en contact direct avec les clients. Et puis un long corridor aux murs nus, sol de carrelage (souvenir d'un passage de Simenon, dans un grand hôtel parisien, jouant de cette opposition entre la pauvreté des locaux de service opposée au kitsch surchargé des couloirs clientèle), où nous avons commencé à percevoir l'odeur caractéristique de brûlé. À chaque bifurcation, un pompier veillait à ce qu'on ne traîne pas, et qu'on prenne le bon chemin. Cette fois on était directement sous l'hôtel, les buanderies et lingeries, la chambre froide (on nous dirait le lendemain qu'ils avaient tout éliminé de leur stock, par précaution), un ultime escalier nu, et on marchait sans avoir perçu de vraie frontière dans le couloir à tapis rouge qu'on a reconnu, près de la réception où, cette fois, sept ou huit personnes toutes en uniformes et avec la plaque argentée de l'établissement jouaient les obséquieux : tout était pour le mieux dans le meilleur des mondes, celui des grands hôtels sans tracas ni souci. Une bonne part des évacués, malgré les recommandations placardées dans les chambres (je n'avais jamais lu ça dans aucun hôtel mais là, au retour, si : spécifiant effectivement de bien penser à emporter la clé de la chambre) n'avaient pas pris leur passe magnétique pour revenir aux chambres. Et on y était, tout était en l'état exact, le désordre précis de l'instant où on était partis (et même la paire de chaussettes que j'avais préparée mais oubliée). On aurait presque voulu que les conséquences soient plus graves, pour se rendormir glorieux – surtout que le sommeil a fui pendant longtemps.

À dix heures, ils avaient rouvert les portes du Salon du livre. Ce serait, dimanche, la plus grosse journée : on attendait 35 000 personnes, dans les cinq étages souterrains, et le grand escalier gris qui en était l'accès unique (non, maintenant je savais que le building du Hilton était truffé de galeries et issues, escaliers pour l'évacuation, du sous-sol aussi probablement). Aucun des visiteurs pour avoir seulement été mis au courant de l'incendie, là-haut : on n'allait pas prendre ce risque pour le tiroir-caisse. Les installations de climatisation et ventilation de quarante ans d'âge, qui avaient pris feu là-haut, nous laisseraient ce soir, dans les sous-sols, avec une belle migraine. Les livres sur les présentoirs seraient remballés le lundi. Je ne sais pas si, ici comme au Salon de Paris, le vol est un gros motif de perte pour les éditeurs et les distributeurs. Derrière les tables, occupés à leurs dédicaces, nombre d'auteurs auraient seulement les yeux un peu plus cernés que d'habitude. Moi, j'étais parti marcher dans la ville.

15.

Carnet

Phrase qui vous vient dans la nuit : « Trouver des transparences noires. » On ne sait pas encore si ça concerne la ville, les phrases, le temps même de ce qui vous est arrivé. Alors on la note, on appelle ça *carnet*.

« Et tu es bien conscient, pour quatre heures que tout cela a duré, qu'il t'en faudra passer cent fois, deux cents fois plus pour le mettre sur papier (passe-moi l'expression, je me doute que tu n'en consommes pas beaucoup), et trouver de quoi alimenter ? – Même si c'est trois cents fois, mille fois... »

Liste des hôtels de Dreux : Dreux, c'est comme Montréal non nommée, peu importe cette ville ou une autre (et même : travail qui ne tiendrait pas si on devait dénigrer la ville, qu'on n'a pas la clé pour l'aimer – eux-mêmes percevant cet urbanisme de la place Bonaventure comme un échec). À Dreux on a les mêmes hôtels qu'à

Orléans, Châtellerault ou Le Mans : c'est même cette question-là qu'il s'agit de forer.

« L'allégorie n'est pas une forme pour la littérature », disait le vieil écrivain célèbre.

Et puis (je retrouve dans mes notes, à propos de ce qu'il racontait ce soir-là, parlant souvent par citations en s'imaginant que je ne saurais pas en identifier la source) : « Cesser de voir le monde comme une sorte de macération permanente prolongeant la littérature. »

Cette conférence sur l'édition : ceux que j'y connais, qui ont commencé comme écrivains, doivent leur poste dans la maison à leur qualité ou succès, et vingt ans plus tard y sont comme des fantômes. Cette manie du petit monde parisien de se retrouver comme une famille, sans s'interroger surtout sur la légitimité d'être là, comme ça, à l'autre bout du monde, et de raconter nos histoires de cuisine comme si ça concernait la terre entière.

Conférence sur l'édition, *bis* : la façon de X. d'occuper son bureau, uniquement pour ses coups de fil personnels, et la plupart du temps à l'étranger. D'à côté, j'entendais tout. Sur sa chaise, une pile de papiers, elle reste à demeure d'une semaine sur l'autre. Avoir remarqué que Y., directeur d'une grande maison parisienne, adossée à un grand groupe et en bonne santé financière, s'était bien gardé d'y paraître, pourtant il était dans le *lounge* du Hilton toute l'heure précédant la réunion.

S'en tenir aux images, ne pas inventer de discours. Se forcer à voir encore plus qu'à entendre.

Si j'y retournais la semaine prochaine, je verrais quoi ? La gare centrale, identique à elle-même. Le *lounge* du Hilton, aucun intérêt (est-ce que sur leur site Internet on peut trouver la liste des réunions, colloques et congrès passés, ou simplement programmés ?). Le Tim Hortons la nuit, près de la gare routière : certainement. Mais ces endroits-là je les sais par cœur : et même, je les repère et fréquente indépendamment de situations comme celle de l'incendie.

La ville : dans ce lent mouvement de descente sur le fleuve, la falaise hérissée et brillante de l'îlot des buildings, leurs façades bleutées et la façon dont ils sont regroupés en bouquet.

Écriture : en temps réel, non, on ne prend pas de notes. On marche, on regarde, on est témoin. Dédoublement intérieur : quoi qu'il vous arrive, la part de soi qui simplement le regarde. Photographies : très peu, finalement. Au Tim Hortons, je n'ai pas osé photographier. Les deux images les plus signifiantes, à trois mois d'écart : la patinoire vide, pure surface réfléchissante, et le groupe vu de dos, se pressant dans le corridor, lorsqu'on a réintégré le Hilton, en passant par les bureaux voisins. L'écriture bien plus puissante que l'image – qu'aurait photographié, cette nuit-là, un vrai photographe ? Des gens prenaient des clichés avec leurs téléphones portables : tout le monde a un téléphone portable.

« On ne fait pas de littérature avec de l'exceptionnel : rien qu'avec de l'ordinaire. – Mais justement, si c'est tout un pan invisible du plus ordinaire qui surgissait brusquement, quatre heures durant ? »

Bloc de nuit. Prendre au pied de la lettre l'image d'un bloc de nuit séparé de la ville, s'en détachant, la survolant. Bloc complet : quand on s'approche, on voit tout, les vitres transparentes, les galeries, les corps.

Ce type que j'avais croisé dans l'hôtel sans y prêter plus d'attention, sauf à le classer forcément parmi ceux qui étaient là pour le Salon du livre. Lui devait me situer un peu mieux puisqu'à la patinoire il m'a salué, que je l'ai retrouvé ensuite à la gare, c'est même lui qui m'avait finalement indiqué où était le Tim Hortons ouvert, en traversant le parking, puisque je voyais bien des gens passer avec des sacs ou des gobelets, mais avais été incapable de le trouver. Ce type était très excité, marchait vite et parlait à tout le monde : il ne semblait pas souffrir du sommeil interdit. Si ce texte est publié, peut-être qu'il se reconnaîtra et fera signe. On s'était croisés le surlendemain, on avait plaisanté une minute de l'évacuation, mais on n'avait pas approfondi la conversation.

Incendies en littérature, en peinture : les incendies de Jérôme Bosch. En littérature, ce beau titre ayant initié toute une série de livres partant à la quête d'une toile, plus que de l'événement qu'elle représente : *Le Grand Incendie de Londres*. Souvenir d'incendie dans *Les Possédés* (parfois dit *Les Démons*) de Dostoïevski, grande scène d'incendie aussi dans *Guerre et paix* : et pas des incendies d'invention, Dostoïevski dans ses carnets prend des notes sur un incendie réel, et Tolstoï reconstitue la débâcle napoléonienne. Une des versions d'*Au-dessous du volcan*, de Malcolm Lowry, a brûlé dans l'incendie de sa cabane, à Dollarpoint, tout au bout du continent où nous débarquions : l'image du manuscrit disparaissant dans les flammes est peut-être plus forte, au moment d'écrire, ce livre commencé, que celle de l'incendie lui-même.

Cette conférence sur l'édition, du samedi : réservée aux professionnels, c'était dans une salle particulière du Hilton, quinze étages au-dessus du Salon du livre. Pour cela qu'on était entre nous et qu'on pouvait tout dire. Et c'est de cette salle condamnée ensuite qu'est parti, je le découvre le lendemain, le court-circuit dans les conduits de climatisation. Constat que, même de l'autre côté de la mer, nos grandes maisons métropolitaines quadrillent l'espace : pour elles, marché captif. Pour les grands succès prévisibles, ou les auteurs « locaux » signés à Paris, on imprime sur place : mais le fichier mis en pages est préparé dans la maison mère.

Avoir trouvé sur un tout petit stand une collection intitulée : *Imaginaire Nord*. Avoir acheté le récit d'un naufrage au XVIIe siècle sur Anticosti : je ne connaissais même pas encore le nom Anticosti. Seul livre que j'aurai acheté dans ces trois jours de Salon.

Le lendemain soir, de l'hôtel, cherché sur Internet ce qui se disait de l'incendie : une brève de six à huit lignes, toujours la même, sur le site des agences de presse, et reprise dans ceux des journaux et radios. Une photographie parfaitement illustrative : camion de pompiers devant mur de building en contre-plongée, n'importe quelle image d'archive aurait pu la précéder ou la remplacer – de quoi témoignait-elle ?

À quoi je m'étais amusé, l'après-midi même, dans les deux heures de présence qu'on m'avait demandées au stand Albin Michel, pour signer mon livre : mon appareil photo posé devant moi à même la table, je déclenche à chaque personne qui passe. Deux cents ou deux cent cinquante clichés dans l'ordinateur, et ce qu'on découvre des gens, des postures, quand ensuite on fait défiler. Silhouettes coupées, regards attrapés, façon pour tous d'être perdus : est-on chacun dépositaire d'un fragment particulier de l'universelle inquiétude ?

Salon, encore : juste à côté de moi, cet auteur qui n'arrêtait pas de signer, vendre, signer, vendre. Un homme qui ne souriait jamais. Pour moi évidemment c'était plus simple : jamais vu qu'on fasse la queue pour une signature ! Mais beaucoup de visites quand même, ce qui m'a un peu réconcilié avec l'exercice : longtemps qu'ici je ne le fais plus.

Nuit : avoir affaire non pas à un monde vide, mais à un monde déserté. Ainsi la patinoire : nous occupions les banquettes, chaises et tables installées pour accueillir en masse les spectateurs, mais manquait le spectacle. Le spectacle, c'était l'incendie, nous lui tournions le dos, et de toute façon il n'y avait rien à voir. Alors, dans la patinoire, on se regardait soi-même.

Monologues qu'on rumine : « Imagine un livre qui ne serait fait, sans aucune description, sans rien montrer ni expliquer, que de la totalité des paroles prononcées par vous autres, les huit cents, dispersés dans les galeries et corridors... » Et savoir que ces monologues ou dialogues imaginaires qu'on dresse dans ses carnets ne seront d'aucune utilité dans le texte : simplement, ils n'y entrent pas.

Inventaire qu'il faudrait faire de tous les hôtels où on a passé, mais je ne saurais pas – il y en a trop qui se ressemblent. Pourtant, s'y joue en partie notre façon d'occuper la terre, la trace matérielle de notre part nomade. Fondamental : le paragraphe sur le souvenir du papier peint inclus dans l'expression *hôtel du Lion d'or à Saint-Chély d'Apcher*, dans *Espèces d'espaces* de Georges Perec. Me souviens d'avoir exploré une fois, seul en voiture, tout le centre-ville de Saint-Chély d'Apcher, voir si je retrouverais un hôtel du Lion d'or, évidemment sans.

« Si le Hilton est un groupe mondialisé de la même façon que vos salons du livre, alors c'est un livre sans territoire, et peu importe où tu places ton affaire, n'importe quelle ville ? – Oui, je crois. »

Se souvenir de ce restaurant tenu par trois femmes russes, buffet à volonté et cuisine locale : c'était bourré d'étudiants, et ils revenaient trois fois aux marmites. Pourtant c'était là, tout auprès, dans ces rues qu'on aurait crues mortes et nous on était tombés là par hasard.

De mon premier voyage dans cette même ville et en avoir alors vu si peu – les villes d'Amérique me semblent toujours garder une part de cette transparence, cette invisibilité. Pas moins opaques probablement que les nôtres, mais l'éclatement, la disposition, qui supprimeraient la part ostensible du secret. La marque intime contenue dans les noms mêmes de nos propres villes, Prague, Rome, Berlin, tant d'autres : ici, une idée inaccessible.

Souvenir d'une rue infiniment longue que j'avais suivie à pied : et rien, aucun intérêt. Le flux régulier des voitures aux carrefours. Le lendemain, avec Guy J. nous traversons à toute allure, mais par les galeries souterraines, d'un bloc à l'autre. Souvenir de ces Duchamp au musée d'art contemporain, puis de ce petit jardin collectif dont il entretenait une parcelle, enclavée dans ces mêmes buildings dont fait partie le Hilton.

« Livre de toutes les villes, livre de la ville. – On en a tous rêvé, on bute en chemin sur trop de pierres. La crasse, le bruit, la dérision : c'est l'histoire des hommes qui fait les livres, pas la façon dont ils s'érigent en culte d'eux-mêmes. – Oui, mais si c'est cela justement, ce soir-là, qui était tombé en panne ? »

Recherche Internet : Tim Hortons, où, combien, à qui. Fait : que Tim Horton, né en 1930, fut un grand joueur de hockey, « six fois joueur toute-étoile ». « Lors d'une bataille, Tim se lançait toujours dans la mêlée, mais cela pour séparer les combattants et rétablir la paix. En dépit de sa force légendaire, il condamnait la violence sur la glace. Certains disent que c'est Tim qui inventa le lancer frappé et on pouvait toujours compter sur lui pour faire sortir la rondelle de sa zone, grâce à son style de patinage inimitable». Quand il meurt dans un accident d'automobile en 1974 : la chaîne qu'il a lancée à son nom, spécialisée dans le café et le beignet aux pommes, compte 40 magasins – il y en a maintenant plus de 2 000 au Canada, et 500 aux États-Unis.

Négociations d'écriture : un fichier texte en avancée linéaire, doublé d'un carnet de notes virtuel. Puis intégrer directement le carnet de notes au fichier texte : se dire que ce carnet figurera alors dans la construction définitive du livre, le prolongera comme une coda. Du coup, je cesse de gamberger à des plans ou scénarios, mais j'ouvre des intitulés de chapitres, y insère des bouts de phrases. Là, à moitié de la rédaction environ, chaque chapitre inclut déjà son début, je n'aime pas ça, c'est dangereux.

Utiliser des noms de personnes existantes, qu'elles aient réellement été à ce Salon du livre de Montréal, ou bien que je les y convoque fictivement, au nom de la logique même de mon récit : ne rien laisser qui permette de trancher. Organiser même, en amont et rétrospectivement, les traces Internet qui construisent l'ambiguïté, ça doit pouvoir se négocier.

Sur une de mes images de la galerie commerçante, sous la patinoire, un panneau indiquant, avec les directions (galerie de gauche, galerie de droite, tout droit) la suite des commerces, bureaux et restaurants et leurs noms. Quand j'ouvre la photo plein écran, ça paraît net. Mais si je tente d'agrandir le panneau, même en utilisant toutes les combines de filtres, contraste et netteté, pas moyen de déchiffrer (on distingue juste ces toponymes spécialement étudiés pour l'image commerciale et qui ne disent rien : *L'Atrium, Les 1 000)*. Il n'y a que dans les romans policiers que ça marche, ces combines d'ordinateur. La décision à prendre : revenir sur place (je le peux, dans moins de dix jours), ou se confier seulement à l'incertain du souvenir. Quiconque dirait que c'est un choix facile ou secondaire se tromperait : repenser à Edgar Poe, qui n'est jamais retourné à Londres, et y situe tant d'histoires.

« Ta maladie des phrases longues... Tu ne peux pas plutôt faire comme tout le monde : fiches de personnages, suivi de leurs trajets, fringués comment – nous, si on écrit du roman c'est qu'on les aime. – Ta gueule... » (conversation avec X., l'autre soir).

Se méfier de la machine, de l'arrangement des mots qui ressemble tout de suite à un livre. Si on écrivait ça au dos de vieilles enveloppes, la même image, la même idée, ça donnerait quoi. Si je dactylographiais ces pages à la façon dont on faisait du temps des machines mécaniques : on découpe aux ciseaux, on réagrafe sur une feuille propre, on redactylographie l'ensemble. Et si à l'ordinateur on recommençait pareil : tel chapitre me semble clos, je l'imprime, j'efface le fichier et recopie plutôt que corriger sur l'ancien – ça change quoi, qu'est-ce qu'on manque à ne pas le faire ? Ou bien : supprimer toute mise en forme, laisser la page dans son humilité brute, ne pas même se servir du traitement de texte, juste des outils de saisie les moins élaborés, des lettres, des sauts de ligne. Les lieux évoqués : gommer ce qu'on en sait, les laisser se reconstruire depuis le rêve, le flou. Et ceux qui parlent, ne même pas savoir qui ils sont : se contenter de la voix.

« Quand paraît enfin, mais sourdement, à distance, l'impression qu'il y a une construction, une architecture, et que cela ne t'appartient pas, résiste même aux déformations que tu y impliques : oui, il y a une joie du récit, un bonheur. Je n'aime pas ceux qui disent plaisir, c'est au-delà du plaisir : puisque cela inclut votre propre obéissance, presque votre renonciation, plutôt que renoncement. C'est naïf sans doute, mais tu dois bien avoir vécu cela ? – Je l'attends, en tout cas. » Et lui de reprendre : « Paradoxe parfois que cela nécessite de déjà écrire, que le contenu même vienne décider contre soi : on en écluse, du doute et du doute. »

Ce soir où nous étions rentrés à pied, depuis l'université plus au nord : ces rues sous les buildings, leurs entrées monumentales et forcément vides puisque l'accès s'en fait depuis les sous-sols. Elles ne servent plus qu'aux fumeurs, là comme une misérable poignée de corps. Les reflets du ciel sur les vitres. Cette silhouette perchée très haut, solitaire, derrière une baie sans rideaux et qui contemplait la rue : je l'avais photographiée.

« Les livres se construisent comme les peintures : on brosse un fond, on installe les points d'intensité, même avec la plus grande netteté, et sans se préoccuper de disproportions d'échelle. Ensuite, c'est le contenu de ce qui se dépose sur la toile, peu à peu, qui la constitue. – Mais j'ai si peu à voir : ce qu'il y avait devant nos yeux, assis à la même place, au Salon du livre, le recoin où se succédaient les tables rondes, le passage d'accès à l'hôtel, et puis, pour l'incendie lui-même, juste cette image du mur de fumée, quand ils nous ont évacués, avec ce type en combinaison réfléchissante, casque à visière, masqué en plus, qui nous faisait accélérer vers ces escalier de service par où ont commencé et l'errance, et l'attente... » Et il m'a dit, à ce moment-là, que cela pouvait suffire : « Il suffirait juste, même dans ces tout petits éléments-là, d'enlever la tentation de phrase. Pense à ton escalier : l'escalier même pourrait tout contenir. »

Savoir que tout livre peut comporter des veines faibles, qu'on en a besoin pour que respirent les points de densité. Que tout livre comporte des zones à nous-même insupportables.

Du vieil écrivain habillé à la hâte, cette nuit-là, quand au Tim Hortons nous avions parlé de Nathalie Sarraute : « À cette époque-là, sa théorie était en avance sur ses livres. Quand elle a réalisé des livres en accord avec sa théorie, depuis *Entre la vie et la mort*, disons, jusqu'à *Vous les entendez ?*, en passant par *L'Usage de la parole* et *Disent les imbéciles*..., elle n'assommait plus personne avec ses questions de personnages qu'elle voulait dissoudre. L'activité du lecteur devait suppléer à la détermination par l'auteur : à mettre en scène l'activité du lecteur, on élargissait cette activité, comme par inertie, au fonctionnement même de la phrase. Ah, un caractère. J'ai voulu une fois la faire parler sur ces trois semaines où, pendant la guerre, elle avait hébergé Samuel Beckett : il y a de quoi fantasmer, non, sur leur conversation, à ces deux-là, pas possible qu'en trois semaines ils n'aient pas parlé une seule fois de littérature, ne se soient pas accrochés sur Proust ou sur Rimbaud ? "Il doit s'en rappeler aussi peu que moi", qu'elle m'avait répondu, tu parles. "Ne pas oublier que c'était la clandestinité", elle m'avait précisé : comme si nos discussions sur Proust ou sur Rimbaud pouvaient être autre chose que clandestines, non ? Mais ensuite, dans ces années où elle a vraiment réalisé des merveilles, nous ne nous voyions plus, ou si peu – dans des conditions comme ici, les hôtels, colloques, cérémonies, rien à se dire, surface. Et puis cette cour que chaque célébrité traîne après soi, quoiqu'on s'en défende : à moins d'être poète, oui, moi ça me protège. Dommage que tu n'aies pas croisé Nathalie Sarraute. »

Dans la brève phase de réveil, ce matin, se demander sérieusement si je me réveillais dans le rêve juste terminé, dont tous les détails, lieux, situation étaient extrêmement clairs, ou si je me réveillais dans le lieu où réellement je dormais, mais qu'il fallait d'abord reconstituer, n'en ayant aucune idée. Finalement, en reconstituant ce lieu réel, difficile d'échapper au fait que je m'y réveillais sans avoir le choix : d'où l'importance de ce moment préalable. Dans le rêve, il s'agissait évidemment de la gare centrale et de ses galeries : sorte de lieu mental où se transporter permet de commencer, autres situations, autres perceptions, qui s'en éloignent dès lors assez radicalement. D'ailleurs, à cette heure-là, les autres matins, depuis plusieurs semaines, je suis au travail sur ce texte. Laquelle des deux instances joue le plus précisément sur l'autre ?

« Un livre flotte sans aucune aide, il est un tout à soi seul, avec ses machines de propulsion, ses lignes de flottaison, ses labyrinthes intérieurs, son personnel de bord et les autres passagers, ceux que tu n'auras même pas croisés. Métaphore probablement, et facile. Ta propre tâche dans le livre : briser les métaphores, anticiper pour les empêcher. Reste quand même cela : on ne tient pas l'économie du récit juste avec la convergence de trois faits réels, sous prétexte qu'à toi cela paraissait important. – D'accord, mais les rêves ? »

Mon incursion gare centrale, le premier soir (de même que c'est gare centrale, quatre mois plus tard, que je viendrai m'installer pour les dernières pages). L'important : du récit, avoir dès le premier soir visité le théâtre. J'avais mangé cette assiette de nouilles chinoises, bu une bière, et comme il était tard c'était désert. La gare, déjà en attente de ce qui adviendrait deux nuits plus tard, et du rôle qu'elle y tiendrait.

Caravansérail des auteurs : pour telle foire aux livres, comme on disait, nous, foire aux bestiaux (jamais utilisé, dans le Poitou natal, le mot *foire* dans un autre usage qu'associé aux veaux, vaches, chèvres), on convoie les auteurs en train, par paquets. Tout est déjà dans la survivance : caste qui ne trouve ses repères qu'à se considérer elle-même. Depuis longtemps, je refuse. Après, pour leurs subventions départementales, ils ont des appellations plus séduisantes. Là, il s'agissait de parler deux fois du numérique, dans le salon et hors salon – ma propre légitimité n'était pas dans l'étalage, le corps assis et muet signant la version industrielle imprimée de mon travail. N'empêche que dès l'avion, et par mon acceptation de l'hôtel («Vous serez logés tout près, c'est très commode», à quoi j'avais dû répondre que je m'en préoccupais peu, pourvu qu'il y ait une wifi correcte), je me retrouvais pile dans ce que je hais le plus. De même, ces jours-ci, proposition pour le printemps prochain d'un « train des écrivains » qui doit circuler à travers la Russie, comme si les fantômes de Michel Strogoff et de Blaise Cendrars allaient venir le fêter avec nous : contemplant l'humanité ordinaire depuis notre vitrine, non merci. Il faut que cela aussi brûle, dans l'incendie du Hilton.

Je savais avoir à revenir, ce n'était qu'une petite question d'organisation. Je le savais bien avant l'idée que ce serait avec un texte à finir, qui y aurait commencé. Ça s'arrangeait parfaitement, étant la veille dans cette grande ville anglophone, à deux heures d'ici (et comme je me sens plus à l'aise, dans ces villes anglophones) : j'ai demandé un départ à 6h43, par le premier train. On viendrait ensuite me chercher vers 10h30 pour mon intervention. J'aurai deux heures pleines dans la gare, mais ce texte serait bouclé. À partir de là, y vérifier quoi ? Aller jusqu'à la patinoire, traverser le parking pour un café au Tim Hortons, tout tient dans un mouchoir. J'aurai quoi à faire : recopier des noms, vérifier des distances, retrouver les vigiles ? Ou rien du tout, m'asseoir là, me mettre en rêve – me conseillerait tel ami.

« Ville de toutes les villes : toutes les villes sont pareilles. Assieds-toi et regarde, ça suffit, et cela où que tu sois. Qu'est-ce que tu vas chercher là-bas ? »

Bizarre sensation récurrente d'aquarium : dans les aquariums on déambule dans la semi-pénombre, on tourne, on bifurque, les parois sont éclairées, et c'est le détail qui devient spectacle, d'ailleurs en tant qu'allégorie vaguement anthropomorphe (veille de la murène, doigts des axolotls, sommeil du crocodile) plutôt qu'écologie sous-marine. Ainsi la déambulation, toute cette nuit de l'incendie, dans les galeries de la gare, sauf que le spectacle c'était nous-mêmes, et qu'il n'y avait pas de parois. Un aquarium serait bien, dans le décor du Hilton : seulement voilà, il n'y en avait pas.

« Autre chose que du roman : où commence, dans un récit, ce qui construit représentation du réel plutôt qu'il ne le mime ? Et qui serait en possession de la frontière ? Les livres qui ont le plus d'importance s'écrivent ici, en amont du roman, et c'est eux paradoxalement qui en constituent l'histoire. Être dur avec les formes mortes. – Se mourir à soi-même, alors ? »

L'INCENDIE DU HILTON

Ne pas relire, mais savoir : les grands livres, qui ne sont pas les plus longs, ceux qui laissent la plus précise rémanence de ce qu'ils nomment. Ainsi, et très obscurément, le hangar de Bernard-Marie Koltès dans *Quai Ouest*. Ainsi, le tranchant des lieux dans *César Birotteau* et son jeu onirique : des rêves flous agitent la vie réelle d'un homme. Les livres à plus forte potentialité d'illusion quant aux lieux et la ville ne sont pas forcément des romans : *La Forme d'une ville* et même, en amont, les *Tableaux parisiens*.

Avoir photographié, gare centrale, les enseignes suivantes : *Positive électronique*, *Dépanneur de la gare*, *Banque nationale* et *Bureau En Gros* (même image), et *Le monde du Dollar* (sorte de bazar à pas cher). Ailleurs, dans une autre galerie, magasin de la chaîne *Couche Tard* : ça m'aurait bien rendu service d'en avoir un ici, pour le récit. Dimanche prochain j'y repars et ce sera pour de vrai une conférence sur « littérature et numérique ». Pourquoi pas simplement parler de Baudelaire, à partir de la gare centrale, toutes les gares, et dans chaque ville en parler dans la gare ? Ce sont ces recettes-là aussi qu'il faut changer : Internet y contribue, puisqu'on met ce qu'on veut sur nos blogs – donc, effectivement, ça vaut le coup d'aller parler du numérique. C'est ce que je devais intérieurement brasser, le samedi

L'INCENDIE DU HILTON

22 novembre, au moment où s'est déclenché le signal d'alerte.

Courrier électronique collectif d'une amie enseignante, dont la fille de quatorze ans se trouvait dans ce groupe de gamines, au Caire, surprises par un attentat. Elle est blessée légèrement (fracture de deux orteils, plaies dues aux éclats sur tout le côté droit du corps) mais elle a vu mourir sa copine, et deux autres seront blessées grièvement. Les parents ont pu aller rejoindre leurs enfants et les accompagner pour l'avion du retour, un accompagnement psychologique est mis en place. Façons dont soudain l'arbitraire de l'histoire à échelle planétaire croise le destin individuel d'une seule (chacune des gamines prises dans l'explosion, celle qui ne revient plus comme celles qui reviennent), et par ricochet le vôtre. Dans l'incendie du Hilton, il ne s'est vraiment *rien* passé : est-ce que c'est la condition de la littérature, ou la preuve qu'elle est finie ? Pour Le Caire, pas de mots. Et quand paraîtra ce livre, on aura peut-être même du mal à se remémorer cet attentat, aujourd'hui en première page de tous les journaux. Une jeune adolescente en portera trace et dans sa peau, et dans ses yeux. Son amie aura cessé de vivre.

De l'insomnie : pourquoi, même quand tout va bien, nous faut-il toujours écrire dans l'insomnie ? Et là qu'on m'en offrait une belle, rien faire que marcher, voir, écouter.

Livre écrit sans attache, sans territoire : ville flottante ou dérivante, la ville que construit le récit. Et la place de qui écrit alors seulement liée à cette ville mobile et sans place fixe : heures qu'on a passées sur ces phrases, soi-même sans table ni ancre : trains, hôtels, avions, coins de bibliothèques ou bars – et même le New York ouvert tard, à Clermont-Ferrand, juste en face la gare. Mais on n'en fera pas la liste : on braque tout sur le Hilton, surface lisse, avec moquette, sans fenêtres sur le dehors, perché en haut du building qu'il exploite jusque dans les cinq étages souterrains qu'il domine. Et la ville on ne la nomme pas : que tout cela glisse à la surface égale du monde.

Jamais de lien direct, entre un texte personnel en cours et les écrits qu'on initie en atelier d'écriture. Mais, rétrospectivement, le texte personnel éclaire ce qu'obscurément on cherchait en lançant l'exploration de tel territoire. Ces derniers mois, des propositions simples (objet, lieu, visage), mais en demandant systématiquement de convoquer la diversité des sources et possibles associations en amont : principe de constellation. Et que ce processus d'écriture ici fut mien globalement. Stage d'écriture avec les employés du Hilton : ce n'est pas demain la veille, mais sûr qu'est-ce qu'on avancerait...

Le vieil écrivain, au Tim Hortons : « Avoir moins confiance en soi-même, sa mémoire. Se répéter les éléments vus, entendus, observés, comme gosse on apprenait ces poésies (quel exercice, quel bel exercice c'était). Le constituer dans sa tête comme on se souvient avec précision du récit d'un livre, atteindre cette précision. Alors, oui, je rentre, et je note la phrase, le paragraphe : c'est bien plus court que ce que je savais faire autrefois, je n'y ai rien perdu, rien. »

Rêve : on marche dans un couloir. On n'est pas à l'aise. On ne comprend pas pourquoi. Il n'y a rien : il devrait y avoir quelque chose. Sur les côtés, des portes. On ne sait pas sur quoi elles donnent. On essaye d'en ouvrir une : c'est une pièce close, triste. Alors on a peur, bien plus peur. On reprend le couloir, on marche bien plus vite. Tout au bout, là-bas, l'ouverture sur un autre espace, c'est plus grand, éclairé. Mais le rêve cesse, trouve toujours moyen de cesser avant. J'ai fait ce rêve souvent, il fait partie de mes cinq ou six rêves récurrents, avec variantes. Je l'ai retrouvé souvent dans les livres des autres (Meyrink, *Le Golem*, Kubin, *L'Autre Côté*, Hesse, *Steppenwolf*) mais ça ne guérit rien, ça ne soulage de rien. Depuis quelques années que j'ai un appareil photo numérique, j'ai photographié quantité impressionnante de couloirs vides, au point de m'en servir de fond d'écran aléatoire, quand je lis en public et qu'il y a un vidéo-projecteur. Ce soir-là, dans les quatre heures de l'évacuation, je les avais, mes couloirs.

Ce type agité – un homme d'affaires, pas un éditeur ou auteur –, nerveux et maigre, sans cesse avec un ordinateur portable sous le bras, qui s'installait sur cette banquette inconfortable, dans le couloir du Hilton, pour être plus près de la borne wifi (ça fonctionnait pourtant très bien depuis les chambres). Et puis en repartant, mais quelques minutes ou dizaines de minutes après, à nouveau avec son appareil sur les genoux, tapant de façon saccadée sur le clavier et regardant intensément le petit rectangle devant lui pour quelle réponse ?

Les consignes données au personnel de l'hôtel, les jours suivants, pour qu'aucun renseignement ne nous soit donné sur ce qui s'était réellement passé. Un quand même, qui s'occupait de la salle des petits déjeuners, et passait régulièrement parmi les clients en demandant : « Tout se passe bien ? », ou alors, quand on arrivait : « Vous avez eu une bonne journée ? », comme s'il avait la capacité de mémoriser ce que chacun lui répondait –, il paraît qu'on les avait réveillés eux aussi, et on leur avait demandé de prendre leur service une heure plus tôt ce matin suivant l'incendie. Racontant aussi comment on les avait contraints à vider et jeter tout ce qui était dans leurs congélateurs et frigos, quand pourtant les quatre heures d'interruption électrique n'avaient rien abîmé : « On n'a même pas pu le prendre pour chez nous. » Le petit encravaté lisse qui passait dans tous les sens pour vérifier qu'aucun membre du personnel n'en disait trop, et multipliait les mêmes phrases banales : « Pas une bonne nuit, hein, on rattrapera... Ça n'a pas été trop dur ? », mais s'éloignait avant que les clients, immanquablement, s'embarquent sur leurs propres détails de la traversée des corridors et attentes.

Le vieil écrivain : « Un livre un peu fou ? Qui n'en aurait rêvé. Les Allemands sont forts pour cela. C'est ce qui manque, à ces empilements de déménageurs qu'ils nomment salons du livre : vous aimez, vous ? Une incohérence, mais légère, quand cela circule à la surface du livre, le fait avancer, frémir. Ou chez nous Giraudoux : on veut à tout prix le faire survivre par son théâtre – mais c'est raide, son théâtre, et plus personne n'aime le théâtre. De la gesticulation, et subventionnée. Ses romans, ah oui, ses romans. Et que ça n'empêche pas le tranchant de la phrase. »

Femmes de ménage du Hilton : plusieurs fois des Haïtiennes, et une Coréenne. Sur injonction de service, vers 19 heures, elles entrent dans les chambres avec leur passe. S'il y a quelqu'un, demandent si tout va bien, s'il y a quelque chose à faire pour votre service. Pourquoi on leur demande de faire ça, surveiller quoi, difficile à savoir. Elles continuent dans les chambres suivantes, s'adressant aux clients directement en mauvais anglais.

Rêve de tête ouverte, mais proprement, par le haut : et dedans c'était exactement ce que je voulais pour mon livre, lueurs orangées ou carrément rouges avec dedans des mondes miniatures, des gens en attente.

Carnet : temps de la préparation, d'arpenter le jardin, avant de se saisir des outils, d'entrer dans l'autre zone, là-haut, l'écriture sans retour. Ce n'est pas vrai, même à l'ordinateur, qu'on efface, qu'on recommence : c'est tout de suite qu'il faut écrire juste. Et risque parallèle du carnet : se décharger ici de ce qui devrait être réservé à la zone principale. Ici accumuler, construire, mais le saut, l'ambiguïté, les garder pour là-haut.

Moments où on se sentirait comme un peintre en bâtiment : tâche précise à faire, on se rend à l'endroit du chantier, on n'a aucune idée de la phrase telle qu'elle sera, sauf ce à quoi elle s'emboîte, et voilà, pinceaux et brosses, on se met au travail et ça vient. On fait les huit lignes, les douze lignes, on sait qu'on ne doit pas dépasser ou prolonger la figure. On nettoie, on range. On revient le lendemain voir. La plupart du temps, on a quitté le réel, et complètement. D'autres fois c'est plus curieux : ce qu'on a mis au jour, on découvrira ensuite que le réel le contenait, sans qu'on le sache.

L'INCENDIE DU HILTON

Précision dans l'échelle des noms : ceux qu'on nomme explicitement, ceux dont on permet de deviner le nom probable, ceux dont on change les initiales, ceux qu'on ne nomme absolument pas. Que la variation permanente dans ce statut du nom soit l'exact lieu d'interrogation et instance de crédibilité des personnages : un roman qui passe outre ce questionnement est condamné d'avance (ce qui en fait pas mal, mais ne rassure pas pour soi-même).

Peur du feu : elle est pour nous autres bien antérieure à notre condition contemporaine. C'est pour ces strates fossiles dans notre rapport au feu qu'aussi elle inquiète. Qui, pour ne pas avoir sur ses pages de peau trace ancienne de brûlure ? Dans le *Agir, je viens* d'Henri Michaux, la mort de Marie-Louise Ferdière : elles furent combien, cet hiver du début des années cinquante, à avoir brûlé vives dans leurs robes de chambre en nylon ? Il n'y aurait rien du Michaux ultérieur, celui de *Connaissance par les gouffres, Misérable miracle, L'Infini turbulent,* sans cet initial sacrifice de l'épouse veillée cinq semaines en vain. Peur du feu : « Ça va tellement vite », ceux qu'on a trouvés les yeux encore ébahis devant la maison détruite. Ceux qui s'immolent volontairement – encore l'hiver dernier, cette chômeuse à bout, au Mans je crois, un bidon d'essence qu'elle se verse sur elle et ça va encore plus vite que se pendre. Sauf que le geste :

retourné sur nous, la communauté des autres. Jugement ces dernières semaines de ces gamines qui, à Ivry-sur-Seine, il y a deux ans, avaient voulu se venger d'une copine en mettant le feu à sa boîte aux lettres : une dizaine de morts, plutôt par asphyxie. Il y a quelques années, quand je prenais très souvent ce train de nuit, de la gare de l'Est à Nancy, ou dans l'autre sens, cette famille morte dans son compartiment, aussi : le chef de wagon avait laissé cramer sa petite cafetière électrique. Les feux qu'on a vus (le plus gros : un entrepôt, une fois, à Aubervilliers – je crois que j'étais en voiture avec Stéphane Gatti –, ces flammes grimpant à quarante mètres, les bruits d'explosion). Feu de forêt en montagne, vu à peu de distance (une forêt qu'on aimait, où on avait marché peu avant), feux aperçus très près depuis l'autoroute. Peur du feu : les feux qu'on a faits.

On a chacun travaillé sur son 11 septembre. On croit même, à quelques années, le travail achevé en soi. Nous avons visité le mémorial, regardé les jeux de clés, les photos, les objets. On a entendu les messages téléphoniques laissés sur les répondeurs, vu les archives film. On s'est immobilisé longtemps sur la galerie surplombant le chantier. Dans cet article que j'avais rédigé (les journaux s'aperçoivent de notre existence dans ces occasions, on nous demande notre avis en cinq mille signes, puis disparaissez), le visage de cette gamine tout en haut des deux tours, quinze mois plus tôt. Dans cette salle avec vue des quatre côtés, et qui oscillait lentement (les architectures de cette taille, même en béton, ne sont jamais totalement rigides – c'est même peut-être cette oscillation qui fascinait encore plus que l'horizon urbain ainsi surplombé), elle tenait le bar où nous avions pris un café et un thé, même genre qu'au Tim Hortons : grands gobelets de breuvage trop chaud et sans vraiment de goût. J'étais retourné lui demander je ne sais quoi, j'avais eu du mal à bien comprendre ce qu'elle m'expliquait, pour cela qu'après son visage me revenait. Et cette nuit-là aussi, au Hilton, descendant en masse serrée, poussés par les types en casque et visière, l'étroit escalier de secours dont on découvrait l'existence : et si ce chemin-là, comme il l'avait été pour ceux des étages supérieurs du 11 septembre, avait été coupé – et si on était restés bloqués là, contraints à remonter, mais empêchés de le faire par ceux qui venaient après nous ?

« On n'écrit pas dans le retrait, ce n'est pas vrai. Dans le retrait de parole, certainement : tu as parlé dans le jour, tu n'écriras pas le lendemain. Pour le reste… Savoir qu'on ne doit pas se tromper : et l'aberration même du texte, la prendre comme injonction. Quand tu y reviens, le lendemain, alors oui, prendre le temps. C'est là le plus difficile : la netteté, ce qu'on donne à mémoriser. Des mois, alors, si tu veux. Et laisser du vide, de l'espace pour le travail de celui qui l'accueille, ton texte. Alors, oui, même l'aberration, permise. – Mais ça mine, mais ça ronge... »

Tableau de Bosch, avec les incendies, les armées, et ces personnages errants, comme minuscules et perdus, et puis ces scènes plus grandes, coques fantastiques où on entre – le revoir avec précision. Celui qui m'avait dit, il y a tellement longtemps : « Bosch ? Un peintre pour écrivains. » Alors merci à lui, Jérôme Bosch.

« Cet endroit est tous les endroits. » Avoir noté cela à propos d'une image retrouvée (on me demandait un « visuel » à propos de mes lectures avec Vincent Segal, il suffisait de retrouver la date : MC2 Grenoble, le 7 mars 2007, et la planche d'images s'affichait sur l'écran de l'ordinateur, alors que je n'ai aucune raison sinon d'aller y voir – archives que leur propre profusion étouffe, signe d'époque ?). Dans ces moments entre la préparation et les réglages, l'après-midi, et la lecture ou le spectacle, le soir, les musiciens savent quoi faire, pas moi. Depuis pas mal d'années, je photographie les lieux où je me trouve : architectures standardisées de ce qu'on demande ou attribue à la culture. Un escalier, des aménagements piétons, une pièce éclairée. Une silhouette d'homme (gardien ?) sorti s'allumer une cigarette. On dirait que ces endroits sont disproportionnés à l'usage qu'on en fait. Je n'ai jamais ou très rarement, pour autant, l'impulsion d'écrire en accompagnement de ces images. Mais ici, au Hilton, la conjonction de trois points, disséminés dans l'espace et le produisant en relief comme un repère orthonormé : l'évacuation dans la fumée, 1 h 47, là-haut quinzième étage, le Tim Hortons ouvert la nuit, au fond du parking de la gare centrale, vers 4 h 30, enfin ce Salon du livre sur cinq étages sous nos pieds, vide cette nuit mais tout lesté de livres, non pas ceux qu'on a dans sa bibliothèque à soi, mais ceux qui en organisent la circulation, la rentabilité, le commerce, et tout prêt à accueillir la foule en journée. L'incendie rejoignait tout (et je n'en ai quasi aucune image, ou bien elles ne transportent rien des signes qu'il faut ici fixer).

« On ne peut pas écrire sans ce sentiment si terrible d'inquiétude, dans notre monde finissant, le savoir de l'échec. Qu'on n'y arrivera pas, que ce n'est pas la peine. Et parfois c'est la vie qui te l'enseigne : réduits à cela, cette misère. Et bien pathétique qui prétendrait s'en plaindre. Qu'est-ce qu'on aurait à apprendre à leur *nouveau monde* que cela, l'inquiétude ? »

Agrandir évidemment sa géographie du monde, augmenter la résolution de sa propre représentation – non pas de cette ville mais de la ville en général, ne serait-ce que d'une gare, de trois corridors et d'une patinoire vide : cela ne justifierait pas le travail ? Question sous-jacente : dans ces quatre heures, est-ce que je ne me suis pas posé le fait à tout instant, y compris quand je suis tombé sur les Rolin (mais ce n'était pas difficile, il n'y avait que le Tim Hortons d'ouvert dans toute la zone, et nous étions des dizaines d'auteurs parmi les huit cents personnes en déroute), que je m'en servirais plus tard, au moins sur Internet ? – les Rolin m'avaient même plaisanté là-dessus, eux ce n'était pas leur problème.

« Et tu appelles ça roman ? » Ne pas entrer dans ces conversations. On a déjà donné, merci. Il existerait une frontière définie entre l'invention et le réel ? Il n'y a pas de fiction qui ne la déplace. De ce déplacement, organiser savamment la scène : c'est cela qui définirait non pas le genre, mais ces livres qui le représentent au plus haut. Failli rayer, dans le texte, la mention d'*Au-dessous du volcan*, à cause de ce manuscrit perdu par Lowry dans l'incendie de sa maison (ce dont nous avions d'ailleurs parlé avec les Rolin, qui connaissaient le lieu, à Calgary, de l'incendie). « Ce n'est pas du roman » : l'attaque de Jérôme Lindon, dès 1985, à la première version de mon *Enterrement*, où tout, lieux, personnages, paroles (scène en cut-up faite uniquement de phrases concernant les enterrements dans la littérature : dans l'*Ulysse* de Joyce, dans les *Karamazov*, dans *Bleak House*, dans la *Correspondance* de Flaubert, dans les *Lettres* de Van Gogh, il n'avait rien vu), était reconstruit, fictif – n'être pas sorti de la rupture. « On écrit toujours avec de soi. » (Barthes).

Consciencieusement évacuer toute version intermédiaire : ça m'aura aidé à avancer. Reste celles que j'envoie régulièrement, en cours de travail, à une boîte aux lettres créée il y a déjà quatre ou cinq ans uniquement pour cela, et dans laquelle je n'ai jamais fait le ménage, n'ayant jamais eu besoin de l'ouvrir. Étrange de penser à ce genre de dépôt.

Comment les jours suivants (on y avait dormi encore deux nuits) on avait lu d'une autre façon ces consignes de sécurité qui sont toujours répétées mais auxquelles on ne prête jamais attention : mettre des linges mouillés contre la porte, enlever les rideaux des fenêtres, se tenir plutôt près du sol, signaler sa présence (faire pendre une serviette). Enfin, c'était bien précisé, en cas d'évacuation, rester « calme et relax, et penser à ce que vous faites ». Ramper, ne pas se tenir debout, emporter la clé de sa chambre.

Ce qu'on arrache par la vitesse, comme on voit par la vitesse. (Balzac, dans *Louis Lambert* : « Toute poésie procède d'une rapide vision des choses. ») Dans l'écriture, les temps d'attente : plus le texte grandit, plus on peut dépenser de temps dans le déjà écrit, avant d'être prêt au nouveau saut, la figure à suivre, celle qui manque, à partir de quoi, progressivement, se dessinera l'architecture.

Exemple des salons accueillis dans les sous-sols de la place Bonaventure, où se tient le Salon du livre : Salon maternité-paternité-enfants («plus de 40 000 visiteurs attendus, plus de 300 exposants»), Mécanex Climatex électricité éclairage («le plus prestigieux Salon en mécanique du bâtiment»), Expocam (le Salon national du *camionnage*), Salon d'achats Uniprix («réductions exceptionnelles sur des produits variés, de beauté et de santé»), Salon international de l'Ésotérisme (conférences sur les phénomènes paranormaux, «messages personnels sur l'ésotérisme en apprenant à faire confiance à l'avenir : sortez de l'ordinaire et entrez dans l'extraordinaire!»), Salon expert chasse, pêche et camping («judicieux conseils offerts dans le cadre d'ateliers et de conférences spécialisés»), Salon du cadeau (commerçants seulement), Salon du vélo Expodium, Salon santé, bonne forme et style de vie, Grand Salon marions-nous («toute la gamme des produits et services destinés aux futurs mariés pour planifier leur mariage»), le Noël des chats («Pour la 21e année consécutive, plus de 250 chats et chatons de quelque 40 races envahiront le hall Est pour participer à la plus importante compétition féline. Venez admirer les chats fabuleux d'une centaine d'éleveurs, parmi les plus consciencieux. Jugements sans interruption et animation continue. Nombreux stands pour dénicher le petit cadeau de Noël spécial pour un chat ou pour un amateur de chats. Voici un impératif pour les amoureux des chats et l'endroit idéal pour tout savoir sur les chats, vous y serez CHAT-leureusement accueilli ! ») – celui-ci c'était juste avant le Salon du livre : « La cuvée 2008 sera excellente ! »

Je m'étais promis de terminer ce récit au lieu même où il a commencé, et voilà : ce 17 mars 2009, tout mon livre ébauché dans l'ordinateur, le train d'Ottawa tourne lentement près de l'entrepôt n° 5, et remonte vers cette poignée de buildings hérissant à cet endroit la ville, entre dans la grande caverne de béton qu'est la Place Bonaventure. À retrouver quatre mois plus tard la gare centrale et ses corridors, et ce vigile qui s'était mis à beugler dans son talkie-walkie parce que je filmais le corridor où les évacués dormaient, maintenant livré aux pas de la grande ville, le choc évidemment de ce qu'on s'est réinventé : l'immense parking vide (qui ne l'est plus, vide, en journée) ce n'est pas la gare routière, mais juste la desserte automobile, les arrêts minute et les taxis. Dans ce corridor qui servait de refuge, deux ou trois autres boutiques que j'avais supprimées : un marchand de produits de beauté normalisés, un marchand de colifichets. Le hall d'accueil des bureaux de la compagnie de chemin de fer, CN, qui était resté soigneusement clos tandis que les clients du Hilton évacué restaient de l'autre côté de la vitre, dans la crasse et les courants d'air : je m'étais mis à filmer comment les gens ici passaient sans voir, et un vigile très vite était sorti, m'avait contraint à effacer mon film (toutefois, comme j'avais fait préalablement un cadrage de quelques secondes, celui que j'avais effacé sous ses yeux ce n'était pas le bon, ma vengeance). Assis au Tim Hortons à rédiger mes notes : une salle, quasi vide dans la matinée, bien plus grande qu'elle m'avait paru dans cette nuit où tous s'y réfugiaient, et qui servait en fait de rendez-vous à tout ce personnel invisible chargé de la surveillance et de la logistique. La façade du Hilton, de l'autre côté de la rue : sombre bunker de béton.

Titre de travail, tout au long de la rédaction : *Typologie de l'incendie du Hilton*. Tenté aussi : *Nouveau Monde*.

Le Tim Hortons : dans le grand hall de la gare centrale, avant 5 heures du matin, tout était fermé. Il fallait sortir par le côté gare routière, et tout au bout de l'immense parking souterrain (les bus s'en vont pour partout, ici) on apercevait le petit point jaune ouvert. Dedans, souvenir principal la buée, la queue évidemment, et tous ces gens par paquets sur les bancs et tabourets, ou dormant repliés sur un coin de table, puis cette famille de trois gosses dont un bébé. Dehors, la nuit, moins huit. En contrebas, les gyrophares comme en troupeau. Au-dessus de nos têtes, les buildings, dont un en feu.

Montréal, 22 novembre 2008 – Montréal, 17 mars 2009

1. Le Hilton 9
2. Alerte 23
3. L'Amérique 31
4. Arrivée 37
5. Disposition des lieux 47
6. Évacuation 53
7. Conversation au Tim Hortons (1) 61
8. La ville 71
9. Dreux, le Bridge 79
10. La patinoire 93
11. La gare centrale 105
12. Conversation au Tim Hortons (2) 119
13. De l'édition et du commerce des livres ... 131
14. Réintégration des locaux 141
15. Carnet 149

DU MÊME AUTEUR

Aux Éditions Albin Michel

BOB DYLAN, UNE BIOGRAPHIE, 2007 ; Le Livre de poche, 2009.
ROCK'N ROLL, UN PORTRAIT DE LED ZEPPELIN, 2008.

Aux Éditions Fayard

TOUS LES MOTS SONT ADULTES, MÉTHODE POUR L'ATELIER D'ÉCRITURE, 2000, 2005.
ROLLING STONES, UNE BIOGRAPHIE, 2002 ; Le Livre de poche, 2004.
DAEWOO, roman, 2004 ; Le Livre de poche, 2006.
TUMULTE, roman, 2006.

Aux Éditions Verdier

L'ENTERREMENT, récit, 1992.
TEMPS MACHINE, récit, 1993.
C'ÉTAIT TOUTE UNE VIE, récit, 1995.
PRISON, récit, 1998.
PAYSAGE FER, récit, 2000.
MÉCANIQUE, récit, 2001.
QUATRE AVEC LE MORT, théâtre, 2002.

Aux Éditions de Minuit

SORTIE D'USINE, roman, 1982.
LIMITE, roman, 1985.
LE CRIME DE BUZON, roman, 1986.
DÉCOR CIMENT, roman, 1988.
LA FOLIE RABELAIS, essai, 1990.
CALVAIRE DES CHIENS, roman, 1990.
UN FAIT DIVERS, roman, 1994.
PARKING, 1996.
IMPATIENCE, 1998.

Aux Éditions Les Solitaires intempestifs

POUR KOLTÈS, essai, 2000.
QUOI FAIRE DE SON CHIEN MORT ?, théâtre, 2004.

Aux Éditions Flohic

DEHORS EST LA VILLE, essai sur Edward Hopper, 1998.

Aux Éditions du Cercle d'Art

BILLANCOURT, sur des photographies d'Antoine Stéphani, 2004.

Tous renseignements sur François Bon et bibliographie : www.tierslivre.net

Composition IGS
Impression : Imprimerie Floch, juin 2009
Éditions Albin Michel
22, rue Huyghens, 75014 Paris
www.albin-michel.fr
ISBN : 978-2-226-19390-2
N° d'édition : 25950 – N° d'impression : 74133.
Dépôt légal : août 2009.
Imprimé en France.